Thommie Bayer

Die gefährliche Frau

Roman

Piper
München Zürich

Von Thommie Bayer liegt im Piper Verlag vor:
Der langsame Tanz

ISBN 3-492-04570-7
© Piper Verlag GmbH, München 2004
Gesetzt aus der Bembo
Satz: Uwe Steffen, München
Druck und Bindung: GGP Media GmbH, Pößneck
Printed in Germany

www.piper.de

Für Jone

I've looked at love from both sides now
From give and take, and still somehow
It's love's illusions I recall
I really don't know love at all

Joni Mitchell

In Wirklichkeit tut Liebe weh. Das wissen alle, aber alle träumen weiter. Von dem Mann, dessen Leidenschaft nie versiegt, ebensowenig wie sein Verständnis und seine Zärtlichkeit, der nach zwanzig Jahren Ehe noch immer behauptet, er wolle jetzt, in diesem Moment, gern wissen, was durch ihren Kopf geht. Nach zwanzig Jahren Ehe weiß er noch immer nicht, daß es sich um Schuhe dreht, die zwar weh tun, aber größer machen, oder darum, ob die beiläufige Bemerkung einer Bekannten vielleicht eine versteckte Gemeinheit enthielt. Er sieht gut aus, genießt hohes Ansehen und hat nur Augen für sie.

Ich träume nicht mehr.

✧

1 Es war Ende August. Die Strahlen der Nachmittagssonne drangen nur vereinzelt, gefiltert vom Laub der Linden, zu mir durch, ich genoß die schläfrige Spätsommerstimmung – meine Nachbarn waren noch in den Ferien, ihre Kinder gingen sonstwem auf die Nerven, das Verkehrsgebrumm wurde gedämpft von den Gärten ringsum, und die Katzen dösten, jede in ihrem eigenen Sonnenfleck. Nur Valentino lag wie immer auf dem Schreibtisch, eine Pfote lässig auf mein Mauspad gelegt, als wolle er noch im Schlaf sagen: Das gehört mir, so wie *du* mir gehörst und jeder Platz, auf dem du sitzt oder liegst oder stehst. Er träumte vielleicht, vergaß das Schnurren, atmete flach und hatte den zufriedenen Ausdruck auf seinem Gesicht, um den ich ihn, seit er bei mir ist, beneide.

Ich starrte auf den Bildschirm, sah den blauen Kästchen zu, die sich zielstrebig vermehrten, während das Programm meine Festplatte aufräumte. Ich lasse es jede Woche laufen. Mir gefällt der Anblick.

Ich *lebe* hier im Büro. Alles, was ich brauche, und fast alles, was ich liebe, ist hier. Hunderte von Fotos an den Wänden, die meisten selbst geknipst, vor Jahren, als ich eine Zeitlang dieser Leidenschaft verfallen war, die CDs, die ich höre, die Kleider, die ich trage – Jeans, Pullover, T-Shirts und drei verschiedene Dufflecoats –, die Gewürze, die ich zum Kochen benutze, und, im Flur vom Boden bis zur Decke, die Bücher, die ich nach dem Lesen nicht verschenkt habe. Hier in diesen drei Erdgeschoßzimmern hat jede Katze ihren Platz, ein Kissen, eine Decke, einen reservierten Sessel oder die Lehne des zerkratzten Sofas – die Möbel sind ein stilistisches Durcheinander, manche von Geburt an häßlich, manche ehemals elegant, aber jetzt alle mit Patina, Wunden und Geschichte. Und alle von mir geliebt. Kein Stück dürfte fehlen.

Hier, in dieser Höhle, fühle ich mich sicher, hier weiß ich, wer ich bin, und außer mir und den Katzen setzt höchstens mal ein Handwerker seinen Fuß über die Schwelle. Und einmal im Jahr der Tierarzt.

Meine Wohnung nebenan ist das glatte Gegenteil: Designermöbel, Marmorbad und High-Tech-Küche, aus deren Kühlschrank ich allenfalls mal eine Flasche

Champagner nehme. Die Kühlschranktür schließt mit dem satten Geräusch einer Mercedestür. Ich mag übrigens keinen Champagner. In der Wohnung bin ich nur, um meinem Beruf nachzugehen. Ich habe einen abseitigen Beruf: Ich schlafe mit Männern. Wenn ihre Frauen das wollen.

✧

Sie rufen mich an, wenn sie meine Anzeige sehen: *Ist Ihr Mann treu? Finden Sie es heraus.* Ich schalte den Text einmal im Monat hier in der Stadt und in einer überregionalen Tageszeitung. Man sollte nicht glauben, wie viele Frauen sich bei mir melden. Manche aufgelöst, manche von vornherein feindselig, manche verlegen und beschämt, weil sie glauben, paranoid und im Unrecht zu sein, manche forsch, als müßten sie mich für einen Putzjob examinieren, und manche, das sind die wenigsten, sprühend vor guter Laune und aufgesetzter Lässigkeit, weil sie wollen, daß ich das Ganze für einen Witz oder eine Wette unter Freundinnen halte. Und fast alle brechen zusammen, wenn sie kriegen, was sie wollten: ihren Mann auf Video. Mit mir.

Ich bin keine Privatdetektivin, eher eine Art Lockvogel. Ich stelle den Männern Fallen, verführe sie, biete mich an, bin der Traum, den sie längst schon nicht mehr zu träumen wagten, die Frau für eine Nacht, die aus dem Nichts kommt, keine Forderungen stellt und am nächsten Morgen wieder im Nichts verschwindet. Sie gehen verjüngt und stolz nach Hause, wo sie vielleicht schon vom Inhalt ihres Kleiderschranks auf der Straße erwartet werden, mitsamt der Eisenbahn, der Videokamera und dem zerschmetterten Computer. Oder von einer leeren Wohnung mit der Nummer des Anwalts auf dem Küchentisch. Oder ihrer Frau, die mit ausdruckslosen Augen einem Handwerker beim Austauschen der Schlösser zuschaut.

Und man sollte nicht glauben, wie gut ich verdiene. Tausend bar im voraus und tausend nach Vollzug. Ich brauche dem Geld nicht nachzulaufen, bisher hat noch jede Frau bezahlt. Vielleicht, weil sie nie wieder mit mir zu tun haben wollen. Der Gedanke, ich könnte vor ihrer Tür stehen, die Frau, die ihren Mann geritten hat, der Inbegriff ihrer Demütigung, dieser Gedanke muß sie so ängstigen, daß sie umgehend bezahlen. Auch wenn sie mich für den Rest ihres Lebens hassen. Genau wie ihre Männer.

Obwohl, das ist nicht immer so. Einer stand mit einem Strauß Rosen vor der Tür und wollte mit mir ein neues Leben anfangen, und ein anderer, einer der Netteren, brachte mir seine Katze und bat mich, für sie zu sorgen. »Meine Frau haßt das Tier«, sagte er, »sie würde es einschläfern lassen.«

»Warum nehmen Sie es nicht zu sich?« fragte ich, aber bevor er noch erzählen konnte, daß er gekündigt und eine Asienreise gebucht hatte, strich die Katze mir schon um die Beine und hatte mich um den Finger gewickelt. Das geht leicht bei mir. Wenn man eine Katze ist. Der Mann gab mir einen Hunderter, ging in die Knie, küßte die Katze auf den Kopf und trollte sich. So kam Valentino zu mir. Er war der letzte.

Natürlich hat man mir auch schon die Scheiben eingeworfen, Pakete mit ekelhaftem Inhalt geschickt oder versucht, mich mit Telefonterror zu quälen, aber das betrifft alles die Wohnung, und dort bin ich nicht. Von meinem Büro wissen die Herren nichts. Niemand weiß davon.

Und man sollte nicht glauben, wie einfach es für mich ist, die Männer reinzulegen. Hätte ich, bevor ich diesen Beruf ergriff, noch an das Gute im Menschen, speziell im Manne, geglaubt, dann wäre ich bitter enttäuscht worden. Aber ich wußte, worauf ich mich einließ, denn die Zeit, in der mich ein Mann ohne Gier angesehen hatte, lag auch damals schon lange zurück. Der letzte, der mich als Menschen betrachtet hat, war mein Vater. Ich vermisse ihn.

Ich glaube, er hat mich vergöttert. Und mich, seit ich denken kann, wie eine Erwachsene behandelt. Meiner Mutter paßte das nicht. Wie ihr überhaupt nichts paßte, was zwischen ihm und mir vor sich ging. Wäre sie nicht zu feige dazu gewesen, dann hätte sie mich umgebracht. Ihn umzubringen war leichter. Sie ging immer den leichteren Weg.

Ich war sechzehn, als ich begriff, was mit mir nicht stimmte. Bis dahin war ich ein Mädchen wie jedes andere gewesen, das seinen Körper zu plump, die Augen zu schmal, den Mund zu breit und die Haare zu dünn fand – sah ich in den Spiegel, dann war ich so unglücklich wie alle, die ich kannte. Von meinen Fehlern und Mängeln besessen, kam ich mir dumm, häßlich und ausgestoßen vor und sehnte den Tag herbei, an dem ich endlich aus dem Madenkörper schlüpfen und als entzückender Schmetterling hinaus ins glamouröse Leben schwirren würde. Ich hatte nicht mitbekommen, daß das längst geschehen war. Während ich noch darauf wartete, daß meine Beine länger und mein Haar kräftiger werden sollten, bemerkte ich nicht, was mit den Männern vor sich ging, wenn sie mich sahen. Die waren von der Made hypnotisiert.

Als sich meine Schulnoten in den Fächern, die von Lehrerinnen gegeben wurden, immer weiter verschlechterten, schrieb ich das noch meinen eigenen Leistungen zu und gab mir Mühe, meine Schwächen mit Fleiß zu kompensieren. Und daß die Jungs sich mir gegenüber noch ekelhafter aufführten als bisher, hielt ich für eine Folge meiner Häßlichkeit. Ich beneidete die Mädchen, deren Verehrer ihnen mit Scheu und Zartgefühl nachstellten, und verabscheute mich selbst dafür, nur von den Verächtlichen, Aggressiven und Zudringlichen verfolgt zu werden. Sie fixierten mich und griffen sich in den Schritt oder ließen ihre Zungen aus den Mündern schnellen wie Eidechsen beim Fliegenfang, sie benutzten gemeine Vokabeln und betatschten mich einfach, als müsse man eine wie mich nicht vorher fragen. Sie waren ein pulsierender, glitschiger Brei mit Gesichtern, der auf mich einblubberte und mich verschlingen wollte.

Anders die erwachsenen Männer, die waren so nett und zuvorkommend wie ihre Frauen feindselig. Ich weiß nicht, wie lange ich gebraucht hätte, um zu verstehen, was da vor sich ging, wenn ich nicht eines Tages mit meiner Mutter und Herrn Öhlmann zusammengestoßen wäre, als sie angeregt plaudernd um den Stadtsee schlenderten und ich mit meinem Fahrrad in einer unübersichtlichen Kurve fast in sie hineinraste. Ich kam vom Querflötenunterricht, in meinem Kopf dudelte eine schwierige Stelle mit Oktavierungen, die ich beim Üben zu Hause geschafft, aber in der Stunde natürlich wieder versiebt hatte, und auf einmal standen die beiden vor mir. Ich bremste so scharf, daß mein Vorderrad auf dem Kies zur Seite rutschte und ich mit Geschepper und einem Schrei in der Böschung landete.

Herr Öhlmann kümmerte sich nett um mich, half mir auf und sah sich die Schürfwunde an, die ich mir am Knöchel zugezogen hatte. Ich sagte: »Nicht schlimm«, und lachte, und als meine Mutter mich ihm vorgestellt hatte, fragte er dies und das, was ich auf der Flöte spiele, was ich beruflich vorhabe, ob ich studieren wolle, solches Zeug eben, die übliche Fragerei von Erwachsenen. Meine Mutter stand stumm dabei mit ihrem typischen Maskengesicht, auf dem sich immer dann, wenn Herr Öhlmann zu ihr hinsah, blitzartig ein Lächeln ausbreitete. Sie hatte es eilig wegzukommen. Von mir. »Ich brauch einen Kaffee«, trällerte sie mit schriller Fröhlichkeit, »du auch?« Er war so nett, mich einzuladen, aber noch bevor ich selbst antworten konnte, bellte sie: »Vera muß los.«

Herr Öhlmann richtete mir noch den Lenker, der sich verzogen hatte, und ich fuhr meiner Wege.

Außer daß meine Mutter diesen Mann, der erst vor kurzem eine Villa am Hang bezogen hatte und sein Leben als wohlhabender Müßiggänger genoß, duzte und ganz offenbar mit ihm befreundet war, dachte ich nichts weiter und fuhr nach Hause, um zu duschen, mich umzuziehen und ein Pflaster auf die Schürfwunde zu kleben.

Ich stand am Fenster und übte dieses vertrackte Überblasen, als meine Mutter zur Tür hereinkrachte und mir wortlos eine Ohrfeige gab, deren Wucht die Flöte aus meinen Händen und nach draußen schleuderte. Noch bevor ich den Schmerz spürte, hörte ich die Flöte unten im Hof mit einem ekelhaften Geräusch aufschlagen und meine Mutter zischen: »Mach das noch einmal, und ich vergesse mich!«

»Was denn?« schrie ich, aber sie war schon aus der Tür und trampelte die Treppe hinunter, ohne mir zu antworten.

Ich ließ die Flöte liegen, wo sie war, und ging nicht mehr zum Unterricht. Die Flöte war ein Geschenk gewesen. Von meinem Vater.

Ich lag fast die ganze Nacht wach, betastete mein geschwollenes Gesicht und schmiedete Fluchtpläne. Aber der einzige Mensch, zu dem ich hätte gehen können, war Murmi, die Mutter meines Vaters in Berlin, und dort würde mich die Polizei sofort wieder abholen. Es war ausweglos. Ich war meiner Mutter ausgeliefert, die mich nie gemocht hatte und nun auch noch schlug.

Und dann kam mir zu Bewußtsein, was geschehen war: Herr Öhlmann hatte sich für mich interessiert! Deshalb war sie so ausgerastet. Daß ich ihm gefallen hatte, war der Grund! Ohne die Ohrfeige hätte ich nichts bemerkt, er schien mir nett wie alle Männer, ich hatte damals keine Augen für das, was in ihnen vorgeht. Meine Welt waren die Jungs, der blubbernde Brei – ich wußte nichts von Männern. Ich schlief todunglücklich und zufrieden ein. Ich gönnte meiner Mutter, daß sie sich neben mir wie ein Schluck Wasser vorgekommen war. Ich malte mir Szenen aus, in denen das wieder und wieder geschah, und genoß das festgezurrte Angstlächeln auf ihrem Gesicht, während ich in den Schlaf glitt. Draußen fingen schon die Vögel an zu singen. Ich vergaß zum erstenmal seit einem Jahr, mit meinem Vater zu reden. Das tat ich damals immer. Das war meine Art Gebet.

Am nächsten Morgen schenkte ich meiner Mutter ein strahlendes Lächeln. Sie saß in der Küche mit einer Gesichtsmaske, sah mich erstaunt und mißtrauisch an, ich sagte nichts, kein Wort, ging an ihr vorbei nach draußen und wußte: Unter der Maske ist sie alt. Und sie kann es nicht ertragen. Und das gönne ich ihr.

Eine Menge mehr wußte ich von diesem Tag an. Dinge, die ich bisher wohl wahrgenommen, aber nicht verstanden hatte: warum das Gesumm der Stimmen, immer wenn ich einen Raum betrat, entweder lauter oder leiser wurde, warum ich in Mathe bei Herrn Lehner eine Zwei plus hatte und in Englisch bei seiner Frau eine Vier, warum ich nicht mehr per Anhalter fuhr, nachdem ich immer und immer klebrige Hände von mir wischen, klebrige Sprüche an mir abgleiten lassen mußte oder an der klebrigen Luft im Wageninnern fast erstickt wäre, warum nichts in meinem Leben mehr zart und schön und liebevoll war und warum ich seit Stefanie keine Freundin mehr gehabt hatte.

Das tolle Gefühl, der Glaube, ich sei eine Art Königin und könne nun, da ich wußte, daß die Männer auf mich flogen, über mein Leben selbst bestimmen, währte nur so lange, bis ich begriff, daß der Brei einfach größer geworden war. Die Männer gehörten jetzt auch dazu. Das war alles. Nichts war besser. Nur gegenüber meiner Mutter verschaffte es mir die nötige Verachtung, die ich ihr gnadenlos zeigte, aber die war eigentlich schon vorher dagewesen. Ich hatte das nur bis zur Nacht nach der Ohrfeige nicht gewußt. Jetzt wußte ich's und freute mich daran, sooft sich die Gelegenheit ergab.

✧

Arlette saß in der Tür und gurrte. Sie hatte Hunger. Als einzige will sie ihr Essen gegen fünf Uhr nachmittags, die anderen frühstücken ausgiebig und sind den ganzen Tag zufrieden. Sie nicht. Sie ist was Besonderes. Obwohl, wir sind hier alle was Besonderes. Arlette mit ihrem Fünfuhrtee, Tino mit seinem Schreibtischplatz, Josef mit dem eifersüchtig verteidigten Privileg, an meinem Kopf zu schlafen und seine Pfoten in mein Haar zu wühlen, Sabinchen mit ihrem luxuriösen Speiseplan (Thunfisch und eine rare Sorte amerikanisches Trokkenfutter immer abwechselnd) und Fee mit ihrer strikten Beschränkung auf das Sommersche Rosenbeet als Toilette.

Letzten März, keine sechs Wochen nach ihrem Einzug, stand Frau Sommer schon vor mir, ganz Vorwurf und Mißbilligung: »Könnten Sie Ihrer Katze beibringen, daß sie woanders hinmacht? Die Rosen leiden unter dem scharfen Urin.«

»Bringen Sie einer Katze mal was bei«, sagte ich, »das geht nicht. Wie wär's mit robusteren Rosen?«

Wir brauchten nur ein paar Sätze, bis die Luft brannte. Sie wollte sich über mich beschweren, ich fand, das solle sie ruhig tun, sie wollte sich was einfallen lassen, wie sie die Katze von dem Beet fernhielte, ich fand, das solle sie besser lassen ...

Seither reden wir nur noch das Nötigste. Der Pfeffer, den sie großzügig um die Rosensträucher verteilte, hatte nur den Effekt, daß Fee ihr Geschäft jetzt eben niesend erledigte, und von einem Fernhaltespray hält Frau Sommer nichts. Er kostet Geld und ist Chemie. Beides kommt für sie nur im Notfall in Frage. Sie beschwerte sich bei der Hausverwaltung und verlangte, man solle mich abmahnen, aber der Verwalter zuckte nur mit den Schultern und sagte wie immer in solchen Fällen: »Frau Sandin hat lebenslanges Wohnrecht, sie kann machen, was sie will.« Er lügt in meinem Auftrag. Das Haus gehört mir. Das brauchen die Mieter nicht zu wissen. Sonst kann ich mich dreimal in der Woche um tropfende Wasserhähne oder klappernde Fensterläden kümmern. Diesen kleinen Trick habe ich von Murmi geerbt. Zusammen mit dem Haus.

Murmi hat mich damals gerettet. Irgendwann stand ich mit meiner Reisetasche vor der Tür und sagte, ich will bei dir bleiben. Da war ich achtzehn, hatte das Abitur, und meine Mutter konnte mich mal. Murmi ging schnurstracks in ihr Schlafzimmer und schob ihre Sachen im Schrank zur Seite, damit der Inhalt meiner Tasche Platz fand. Seither lebe ich hier.

Sie führte ein bescheidenes Leben von ihrer Pension. Daß ihr das Haus gehörte, wußte ich nicht. Die Mieteinnahmen sparte sie, damit ich später, falls es notwendig würde, renovieren konnte. Das erfuhr ich alles erst nach ihrem Tod. Als ich zu ihr zog, schien sie gerade so über die Runden zu kommen, und ich sah mich sofort nach einem Job als Bedienung um, damit ich ihr nicht auf der Tasche lag.

Ich studierte ein bißchen, brach aber alles wieder ab, was ich angefangen hatte: Psychologie, Germanistik, Theaterwissenschaften, länger als zwei Semester hielt ich es nirgendwo aus, und dann ließ ich es ganz, denn meine Trinkgelder waren üppig, und ich gewöhnte mich daran, die Nächte hinter irgendeiner Theke mit dem Zapfen von Bier und dem Gelaber betrunkener Männer zuzubringen. Und hin und wieder, wenn es mich juckte oder das Geld knapp war, auch in irgendwelchen Hotelzimmern mit einem, dem die Augen übergingen, wenn ich mir die Bluse über den Kopf zog. Das Folgende ging immer schnell – ich hatte nach kurzer Zeit den Dreh raus, manche kamen sogar, trotz Alkohol, bevor ich sie anfassen konnte oder sie in mich eindrangen; danach war ich um hundert Mark reicher und stieg zufrieden ins Taxi.

Immer wenn meine Arbeitgeber mitbekamen, daß ich nebenher anschaffte, flog ich entweder, weil sie Ärger mit der Sitte fürchteten, oder kündigte selbst, weil sie ihre Duldung in Naturalien bezahlt haben wollten. Und irgendwann verpfiff mich einer von ihnen an einen Zuhälter, der mich so unter Druck setzte, daß ich Angst bekam und von der Szene verschwand.

Ich hatte mich an das leichte Geld gewöhnt. Es fiel mir schwer, mich wieder einzuschränken und mit dem Gehalt einer Schreibkraft auszukommen, aber es ging. Wir aßen ein paar Delikatessen weniger, ich kaufte meine Kleider und Bücher secondhand und gab das Rauchen auf.

In dieser Zeit starb Herr Sutorius, ein pensionierter Orchestermusiker, Fagottist, der die kleine Wohnung nebenan mit seiner Katze Fee bewohnt hatte und für Murmi so etwas wie ein Freund gewesen war. Die Katze trauerte um ihn. Sie bekam von uns Wasser und Futter, aber sie miaute ein paar Wochen lang vor der leeren Wohnung, es klang hoffnungslos. Und eines Tages war sie weg.

»Nimm du doch die Wohnung«, schlug Murmi vor, »dann hast du deine eigenen vier Wände.«

Die Miete strapazierte mein ohnehin schon schmales Budget, aber es reichte so eben hin. Wir kochten und aßen immer noch zusammen und sahen uns Murmis Lieblingsfilme im Fernsehen an, aber dann, wenn sie schlafen ging, konnte ich weiterleben, lesen, Musik hören oder Gedichte schreiben, die ich hinterher immer wegwarf.

Eines Morgens saß ein kleiner zerzauster Kater vor dem Fenster. Er hatte riesige Ohren und schrie zum Gotterbarmen mit schiefgelegtem Kopf. Er war winzig, vielleicht sechs oder sieben Wochen alt. Murmi öffnete das Fenster und holte ihn herein. Sie gab ihm mit Wasser verdünnte Milch und schickte mich los, ein paar Dosen Futter zu kaufen.

Als ich zurückkam, hatte der Kater schon auf den Teppich gepinkelt, seinen Namen bekommen, Josef, und schlief eingerollt im Sessel mit einem entspannten Lächeln auf dem Gesicht. Ich kniete mich hin und sah ihn an.

»Warum streichelst du ihn nicht?« fragte Murmi von der Küchentür, »der will hierbleiben, das seh ich genau. Er mag uns.«

Ich stand auf und ging nach nebenan. Mich hatte das Elend gepackt, und ich warf mich heulend aufs Bett.

Irgendwann stand sie da und fragte: »Was ist denn los?«

Ich war damals sechs. Mein Vater hatte die Katze von einem Kollegen bekommen, sie war gestreift und winzig, so wie Josef, kaum von der Mutter entwöhnt, und piepste mit einem ebenso winzigen Stimmchen. Er setzte sie mir in die Hände und sagte: »Sie wollte zu dir.« Ich schlief kaum in dieser Nacht, stand immer wieder auf, um nach der Katze in ihrem Schuhkarton zu sehen, sie anzufassen und mir zu überlegen, wie ich sie nennen würde. Entweder Urmel oder Minou. Urmel war meine Idee, ich durfte damals die Augsburger Puppenkiste im Fernsehen anschauen, Minou war der Vorschlag meines Vaters, weil er meinte, sie sähe wie eine kleine Französin aus.

Am nächsten Tag nach dem Kindergarten rannte ich den ganzen Weg, fiel zweimal hin und kam außer Atem zu Hause an, und die Katze war verschwunden. Meine Mutter hatte sie zu einem Bauern gebracht. »Da geht's ihr besser«, sagte sie, »ich kann hier kein Vieh gebrauchen.«

»Das war aber *meine* Katze.« Ich stotterte und hyperventilierte vor Entrüstung. »Die kannst du doch nicht einfach weggeben. Die hat mir Papa doch geschenkt.«

»Ich hab hier immer noch was mitzureden«, sagte sie zu der Pfanne, in der sie rabiat herumrührte, und damit war die Diskussion beendet.

Ich brauchte fast eine Woche, um herauszufinden, welcher Bauer das war, meine Mutter weigerte sich, seinen Namen zu nennen. Schlag dir das Vieh aus dem Kopf, sagte sie immer, wenn ich fragte. Mein Vater half mir nicht. Er war wütend, aber machtlos. Er versuchte, mich aufzumuntern, entschuldigte sich für sein vorschnelles Handeln und nahm alles auf sich. Er hätte es mit ihr besprechen müssen, sagte er, dann wäre mir die Enttäuschung erspart geblieben.

Ich fragte so lange bei den Nachbarn, meinen Kindergartenkameraden und in den Läden, wo wir einkauften, bis ich auf dem dritten Bauernhof, zu dem ich geradelt war, von einem schmutzigen Jungen die Auskunft bekam, meine Mutter sei hiergewesen und sein Vater habe die Katze gleich ersäuft.

✧

»Das ist ja unerträglich«, flüsterte Murmi in meinem Rücken. Sie legte eine Hand auf meinen Hinterkopf und schwieg. Dann hörte ich sie wieder: »Und damals hast du dir vorgenommen, keine Katze mehr gern zu haben? Ich hab mich schon gefragt, wieso du Fee immer links liegenlassen hast.«

Ich nickte.

»Und jetzt hörst du auf damit. Diese hier hast du gern, und wenn sie schlau ist, lebt sie lange und macht uns lange Freude.«

»Meine Mutter ist eine widerliche Sau«, sagte ich, »sie ist bösartig von Geburt an.«

»Nein, Schätzchen, das ist sie nicht. Sie hat nur so furchtbar viel Angst, daß man ihr Verhalten nicht mehr von Bösartigkeit unterscheiden kann.«

»Angst? Vor was denn?«

»Davor, nicht bewundert zu werden, nicht geliebt zu werden, nicht geachtet zu werden. Wie jede Frau. Wie jeder Mensch. Das wird bei den Männern nicht anders sein.«

Sie schloß die Tür und ließ mich in Ruhe. Ich nahm ein Bad, legte mich ins Bett und mußte bald eingeschlafen sein, denn das nächste, was ich mitbekam, war Mondlicht im Zimmer und ein Rasseln an meinem Ohr. Josef lag hinter mir, die Pfoten in mein Haar vergraben, und schnurrte. Ich zupfte an den Haaren auf seinem Kopf und schlief wieder ein.

Und am Morgen war Sabinchen da. Seine Schwester. Sie hatten es gemacht wie zwei schlaue Tramper. Nur andersherum. Das Mädchen stellt sich an die Straße, und wenn einer hält, schlüpft der Junge aus dem Gebüsch. Und eine Woche vor dem ersten Schnee saß auch Fee wieder vor der Tür und ging schnurstracks zu dem dunkelroten Sofa, das ich als einziges Möbelstück von Herrn Sutorius behalten hatte. Seltsam: Weder Josef noch Sabinchen hatten sich's je darauf gemütlich gemacht. Es war reserviert.

Ein weißes Auto hielt vor dem Tor, und ein Mann mit Glatze stieg aus, nahm etwas vom Beifahrersitz und klingelte. Bei mir. Ich höre die Wohnungsklingel hier, ich habe sie mir ins Büro legen lassen. Ich ging dem Mann entgegen. Blumen.

Nein, eine einzelne Rose. Auf dem Kärtchen stand: Sie sind unglaublich gemein, aber ich werde Sie bestimmt nicht vergessen. Mit stocksaurem Gruß. Roland Semmig.

Ich mußte lächeln. Der Mann hat Stil. Er war mein jüngster Fall, ich hatte ihn am Samstag zuvor erlegt. Auf einem Ärztekongreß. Er tat mir fast leid.

Seine Frau war das typische teuer eingekleidete Püppchen, das sich den Eintritt in die bessere Gesellschaft über eine Arzthelferinnen- oder Krankenschwesternausbildung verschafft und jetzt, da sie Haus und Kind beisammen hat, den Kerl nicht mehr braucht. Sie saß vor mir und sagte: »Er kommt nächste Woche hierher zum Kongreß, und man weiß ja, wie's da zugeht.«

»Wie denn?« fragte ich zu patzig, einfach weil sie mir unsympathisch war und ich es ihr nicht leichtmachen wollte.

»Ich bin seine zweite Frau«, sagte sie kühl, »mit uns hat es auch auf einem Kongreß angefangen.«

Und dann bist du ganz schnell schwanger geworden, dachte ich, während sie den Sitz ihrer Strümpfe kontrollierte und artig einen Schluck Mineralwasser nahm, hast ihn in allem, was er sagte, verstanden, dich für alles, was er dachte, interessiert und ihn so richtig den Unterschied zwischen dir und seiner Frau spüren lassen, hattest immer Lust, wenn er wollte, hast einen Irrsinnslärm dabei gemacht und ihm das Gefühl gegeben, er sei der Größte. Und jetzt hast du ein Haus und die Aussicht auf saftigen Unterhalt. Jetzt reicht es dir mit seinem öden Gequatsche, den immergleichen Geschichten aus der Klinik oder Praxis, von Aktienfonds, Kollegen, Golf oder was auch immer dich vorher so brennend interessiert hat. Jetzt könnte dann langsam der Prinz mit Haaren und ohne Bauch übernehmen.

Sie legte tausend Euro und ein Foto auf den Tisch – ich hatte richtig geraten, der Mann war wesentlich älter als sie und fast kahl, nur ein dünner Kranz von Haaren fusselte um seinen Kopf –, erklärte mir noch, wofür er sich am meisten interessiert: Theater und Architektur, und bestellte das volle Programm. Ich sollte nicht nur ausprobieren, ob er vielleicht geneigt wäre, sondern wirklich mit ihm schlafen, und sie wollte das Video als Beweis. Das wollen die meisten.

Anfangs hatte ich gedacht, die Frauen würden sich

damit begnügen, daß ich ihre Männer in Versuchung führte, damit sie ihnen dann ein Ultimatum stellen oder gehörig die Leviten lesen konnten, aber fast alle wollten den Vollzug. Und sie wollten es sehen. Ihre Alpträume bis zur Neige auskosten.

Dabei waren die Berechnenden seltener, als ich erwartet hatte. Die meisten saßen vor mir als zermürbte, verzweifelte Wracks und wollten sich den Schmerzen, die auf sie zukamen, ausliefern, um nicht an der Angst davor zugrunde zu gehen.

Und die meisten regeln alles per Post und Telefon. Sie schicken den Vorschuß und ein Foto und wollen den Kontakt mit mir so schnell wie möglich hinter sich bringen. Frauen wie diese hier, die mich persönlich aufsuchen und sich's auf meinem Sofa mit meinem Mineralwasser gemütlich machen, sind die Ausnahme.

Ich zeigte ihr noch die winzigen Kameras, die ich in den Lampen und Heizkörperverkleidungen installiert habe, und sie verabschiedete sich mit Handschlag. Ich war ihre Gefährtin auf dem Weg zu einem angenehmeren Leben.

In stillen Momenten, wenn meine Familie um mich herumliegt, döst, schnurrt oder irgendwas zerkratzt, wenn ich vor lauter Am-Leben-Sein am liebsten selbst schnurren möchte, dann wundere ich mich über meine Skrupellosigkeit. Warum tu ich Frauen, die mich nichts angehen, den Gefallen, ihre Männer zu verarschen?

Warum tun mir die Männer nicht leid? Nur weil die meisten von ihnen Langweiler oder Schmierlappen sind? Das geht mich doch auch nichts an. Aber ich komme mit diesen Gedanken nie weiter als bis zu dem Punkt: Ich bin eine Hure mit Spezialgebiet, ich mache meinen Job, und die Kerle sind für sich selbst verantwortlich. Sie bräuchten mich nur abblitzen zu lassen. Sie tun, was sie tun wollen, ich bin nur das Agens, mit dem man den Versuch startet. Weiter nichts.

Dr. Semmig mit seinen gutmütigen Lefzen, dem teuren Sakko und der schlichten Krawatte war nicht schwer zu knacken. Ich hatte mich am Büfett neben ihn manövriert und überlegte noch, ob ich ihm Suppe übers Hemd schütten oder ihn dazu bringen sollte, daß er mich bekleckerte – das ist die sicherste Methode zur Kontaktaufnahme –, da kam mir der Zufall zu Hilfe: Er nahm das letzte Hühnerbein, und ich starrte enttäuscht auf seinen Teller. Natürlich hatte er mich schon bemerkt, es dauerte nur Sekunden, bis er mich ansprach: »Hätten *Sie* das gewollt?«

»Ja«, sagte ich, »aber Schicksal ist Schicksal. Manchmal ist es eben grausam.«

»Hier, nehmen Sie.« Er streckte mir seinen Teller hin.

»Aber nein. Das ist unmöglich.«

»Frau Kollegin, ich bitte Sie, nehmen Sie's. Ich könnte mit der Schuld nicht weiterleben.«

»Ich bin keine Kollegin«, sagte ich, »falls Sie nicht zufällig am Theater arbeiten.«

»Sie sind am Theater?«

»Na ja. Ich bin Souffleuse.«

Und so weiter, und so weiter. Es dauerte keine Viertelstunde, da saßen wir im Borchardt, und er schwelgte im Glück. Natürlich wollte er mich dann ritterlich nach Hause bringen, und natürlich bat ich ihn herein, natürlich nahm er gerne noch einen Schluck – ich vergoß den Champagner auf meine Kleider, zog mich um, kam im Bademantel zurück, bückte mich, um die Flecken vom Tisch zu wischen, und achtete scheinbar nicht darauf, daß der Bademantel aufklaffte.

»Seh ich da Stielaugen?« Ich hatte zu schnell aufgeschaut – er konnte den Blick nicht mehr rechtzeitig von meinen Brüsten wenden.

»Entschuldigen Sie. Tut mir leid. Sie haben recht. Ich sollte gehen.«

»Sie sollten sich gehen*lassen*.«

Ich setzte mich rittlings auf ihn, legte meine Beine über die Sessellehnen und senkte mich langsam auf ihn herab. Für einen Mann seines Alters – er war an die Sechzig – hatte er eine erstaunliche Erektion.

Bevor er meine Brüste in die Hände nahm, fragte er: »Darf ich?«

Und ich sagte: »Sie dürfen alles. Gehen wir nach nebenan?«

»Wenn es Ihnen nichts ausmacht, bleiben wir hier.«

Ich stand auf, um das Kondom aus der Bademanteltasche zu nehmen, und er zog sich aus.

Sein Penis war groß, das mag ich eigentlich nicht, aber ich bin eine Hure, es geht nicht darum, was ich mag. Es tat auch nicht weh, und weil er so höflich war, nicht schlecht über seine Frau geredet, seinen Ehering nicht versteckt und mich sogar beim Essen ein paarmal zum Lachen gebracht hatte, ließ ich ihm Zeit, bewegte mich langsam und gönnte ihm den sichtlichen Genuß. Es dauerte fast eine Viertelstunde, und er behandelte mich so gut und erfahren, daß ich selbst irgendwann mitging und mich dem Ritt überließ. Als er soweit war, brauchte ich nur ein paar Handbewegungen, um selbst zu kommen, und wir sanken mit Geschrei, er mit einem Brüllen, ich mit meinen albernen Quietschern, ineinander und umarmten uns wie ein frisch verliebtes Pärchen.

»Das war so wunderbar«, murmelte er irgendwann in meinen Hals, »das schreit nach einer Fortsetzung.«

»Alle Lust will Ewigkeit«, hauchte ich. »Aber ich will schlafen.«

»Darf ich Sie anrufen?«

»Das wollen Sie heute, das werden Sie morgen nicht mehr wollen.«

Als ich aus dem Bad kam, war er angezogen und wollte gerade diskret einen Zweihunderteuroschein irgendwo verstecken, er suchte noch nach einem geeigneten Ort, aber ich sagte: »Das lassen Sie bitte. Kein Geld.«

Er steckte verlegen den Schein in seine Tasche und murmelte: »Entschuldigen Sie. Ich will Sie nicht verletzen. Ich will Ihnen eine Freude machen.«

»Danke, das haben Sie schon. Ihnen müßten noch die Ohren davon klingen.«

Er lächelte und küßte meine Hand. »Sie sind unglaublich. Ich freue mich auf ein Wiedersehen.«

»Gute Nacht«, sagte ich und öffnete ihm die Tür. Sein Taxi stand schon auf der Straße.

Die Rose warf ich weg.

Eine ironische Wendung: Ich hatte mich entschlossen, als Callgirl zu arbeiten, mir schwebte so eine Art Edelhurenexistenz vor mit höchster Diskretion, viel Freiheit und wenig Arbeit – Murmi hätte das Wort Kurtisane dafür verwendet. Also richtete ich ihre Wohnung mit Ikea-Möbeln als Arbeitsplatz ein und gab meine erste Anzeige in der Rubrik »Kontakte« auf. Da standen nur das Wort »Exquisit« und meine Telefonnummer. Ich erwartete Anrufe von Männern und war heiser vor Überraschung, als ich das erstemal den Hörer abnahm und eine Frauenstimme hörte: »Kann ich Sie besuchen?«

»Wieso denn? Ich meine, wissen Sie, was für eine Nummer Sie gewählt haben?«

»Sie sind doch eine Professionelle, nein?«

»Ahm, ja. Sicher.«

»Also, darf ich Sie besuchen? Ich möchte etwas mit Ihnen besprechen.«

Ich nannte ihr meine Adresse und hatte ein mulmiges Gefühl im Bauch. War das eine Lesbe? Das wäre ja ein schöner Anfang. Ich hatte in meiner Verwirrung vergessen, zu fragen, was genau sie von mir wollte.

So fing alles an: Sie saß vor mir, eine beeindrukkende, schöne Frau, die eine Zigarette an der anderen anzündete, einen Schnaps von mir erbat, den sie mit zitternden Händen austrank, und mir erklärte, daß sie es nicht mehr aushalte, im Ungewissen zu sein. Alles in ihren Gefühlen sage, daß ihr Mann sie betrüge, aber nichts in der Wirklichkeit beweise, daß sie recht habe. Sie wollte ein für allemal Klarheit. Ich sollte versuchen, ihren Mann zu verführen, und ihr hinterher berichten.

Sie tat mir leid. Alles an ihrem Habitus war souverän, und nichts in ihrem Verhalten paßte dazu, so aufgelöst und nahe der Hysterie, wie sie vor mir saß und zitterte und rauchte und nicht wußte, wohin mit ihrem Blick. »Ich geb Ihnen tausend Mark«, sagte sie, »ist das in Ordnung?«

Ich ließ die Männer, die anriefen, einfach abblitzen, erledigte den Auftrag und hatte meinen Beruf gefunden. Das war vor knapp drei Jahren. Schon die nächste Anzeige hatte den Wortlaut wie heute: *Ist Ihr Mann treu? Finden Sie es heraus.*

Nach einem halben Jahr hatte ich so viel Zutrauen zu diesem Geschäft, daß ich einen Kredit aufnahm, die Wohnung renovierte und komplett neu einrichtete, schon damals mit allerdings noch teuren und vorsintflutlichen Videokameras, die ich nach und nach durch immer kleinere, billigere und leisere ersetzte.

Die Arbeit paßt mir wie angegossen. Ich mag Frauen

nicht und Männer ebensowenig – ich tu ihnen weh, weil sie es wollen. Perfekt. Und gut bezahlt.

Murmi mochte ich. Sie ist tot. Und Stefanie, die jetzt eine Apotheke in Husum besitzt. Das weiß ich, weil ich vor einigen Jahren in einem Anfall von Nostalgie nachgeforscht habe. So, daß sie nichts davon mitbekam. Sie ist die letzte, die ich wiedersehen wollte. Nein, meine Mutter ist die letzte. Stefanie kommt direkt danach.

Wir waren dreizehn. Sie kam neu in die Klasse und wurde neben mich gesetzt. Ein blonder Engel mit Zöpfen, blauem Trägerkleidchen und weißer Bluse. Schon in der zweiten Stunde schob sie einen kleinen Zettel zu mir herüber und flüsterte: »Weißt du, was das ist?« Es war ein schnell, aber gut erkennbar hingekritzelter Penis.

»Ja«, flüsterte ich zurück.

Sie gab mir unter der Bank eine Handvoll Gummibärchen. Ich hatte die Prüfung bestanden. Schon ab der großen Pause waren wir unzertrennlich. Die beiden Frühreifen.

Das erste Gummibärchen, ein gelbes, war noch nicht mal in meinem Mund gelandet, da stand schon Frau Forst neben mir und hatte ihre Hand auf den Zettel gelegt. »Was ist das?«

Ich schwieg. Dies war keine Prüfung, jedenfalls keine, bei der es auf die richtige Antwort angekommen wäre. Ich duckte mich und starrte auf mein Pult.

»Ich höre!« Jetzt hatte sie die andere Hand in meine Schulter gekrallt und drückte zu. Es tat weh.

»Das ist von dem Jungen da drüben«, sagte Stefanie und deutete auf Roman. Sie log. Ich hatte sie den Penis kritzeln sehen.

Der arme Roman wurde an den Haaren zum Direktor gezerrt, verwarnt und von den Lehrern fortan wie ein Aussätziger behandelt. Er bekam kein Bein mehr auf den Boden, bis er nach drei Jahren wegzog. Die Schule war katholisch und das Städtchen klein. Und ich war die Tochter des Direktors. Ausgerechnet Roman mußte Stefanie sich aussuchen. Ich war seit einem halben Jahr in ihn verliebt.

Seit sechs Monaten hatte ich meine Tage, aus der Bravo wußte ich, wie Männer und Frauen es miteinander treiben, in den Sommerferien hatte ich meine Eltern dabei gesehen, und seit ein paar Wochen wußte ich auch, wie sich ein Orgasmus anfühlt und wie man ihn bekommt. Ich mußte nur die Beine zusammenkneifen und den Hintern hin und her bewegen. Dann wuchs es in mir und erfaßte meinen ganzen Körper. Es war unglaublich toll. Und ich wußte, daß ich es nicht erzählen durfte. Nicht meinem Vater und schon gar nicht meiner Mutter.

Wir hatten eine Ferienwohnung in Spanien gemietet. Mein Zimmer war durch eine Verbindungstür von dem meiner Eltern getrennt, es hatte seinen eigenen Eingang, so daß ich kommen und gehen konnte, wie es mir gefiel.

Ich war nachmittags am Strand eingeschlafen und hatte einen Sonnenbrand, deshalb ging ich zurück, um mich einzucremen und dann im Schatten zu bleiben. Ich war leise, weil meine Eltern um diese Zeit immer ihre Siesta hielten. Diesmal nicht. Das Bett quietschte, und meine Mutter stöhnte. Ich sah durchs Schlüsselloch. Mein Vater kniete hinter ihr, den Blick auf den Spiegel am Schrank gerichtet, und sie machten es wie Hunde. Es war ekelhaft. Ich ging zurück zum Strand und verbrannte mir auch noch die andere Seite.

Die Jahre mit Stefanie waren vielleicht die schönsten in meinem Leben. Ihre Eltern hatten eine der drei Apotheken im Städtchen übernommen. Sie besaßen zwei Autos, das war damals bei uns noch eine Seltenheit, und waren froh, daß ihre Tochter so schnell eine Freundin gefunden hatte. Sie waren nett zu mir.

Stefanie hatte einen Bruder, der nur hin und wieder am Wochenende zu Hause war. Er war geistig und körperlich behindert, saß im Rollstuhl und konnte sich nicht koordiniert bewegen. Er sprach nicht, gab nur muhende und schmatzende Laute von sich und mußte gefüttert und angekleidet werden. Immer wenn er da war, durfte Stefanie nicht raus. Ihre Eltern hatten eine Art Alarmplan für den Fall, daß mit Markus, so hieß der Bruder, irgendwas wäre und man ihn sofort ins Krankenhaus oder ins Heim fahren müßte. Dann sollte Stefanie das Telefon hüten. Sie haßte ihren Bruder. Nannte ihn Matschkopf, Buttermann und Wackelpudding, wenn ihre Eltern es nicht hörten.

Mir machte es nichts aus, stundenlang bei ihr zu sein, denn sie besaß sieben Barbies, mit denen wir spielen konnten. Anfangs das übliche – Essen, Einkaufen, Heiraten, Ausgehen, Familienkrach, immer verbunden mit Umziehen, Frisieren und Schminken, aber nach einiger Zeit ging es immer mehr um Sex. Manche wurden lesbisch, Ken war ein Casanova großen Stils, alle machten es durcheinander und lieferten sich fürchterliche Szenen, weil sie einander regelmäßig dabei erwischten. Stefanie wollte alles wissen. Sie war besessen von dem Thema.

Ich eigentlich nicht. Meine heimliche Beinarbeit verschwieg ich ihr ebenso wie die Schwärmerei für Roman. Sie war zwar meine Freundin, eigentlich hätte ich ihr alles sagen müssen, aber seit ihrem ersten Tag wurde sie von Roman mit nicht nachlassender Rachsucht verfolgt, deshalb haßte sie ihn inbrünstig, und was mein schönes Gefühl anbelangte, hatte ich noch keine Verbindung hergestellt zwischen dem ekligen Getue meiner Eltern und meinem ozeanischen Glückszustand, den ich Stefanie offenbar voraushatte. Ich machte ihre Spiele bereitwillig mit, ohne mich groß dafür zu interessieren.

Sie sah nicht nur wie ein Engel aus, sondern wurde von den meisten Leuten, vor allem ihren Eltern, auch für einen gehalten. Ihre weißblonden Locken fielen ihr, wenn sie sie offen trug, bis auf die Schultern, ihre Stupsnase ragte niedlich aus dem Porzellangesicht mit den grünen Augen und der weichen Stirn, und sie war zart. Ganz anders als ich, das dunkelhaarige Trampel, über das sich wohl mancher Erwachsene gewundert haben mochte: Was findet die reizende Stefanie nur an dem faden Pummel? Dabei war es so einfach: Jede Prinzessin braucht eine Zofe.

2 Telefon. Eine Frau. Sie wollte wissen, was genau die Anzeige bedeutet. »Sind Sie ein Detektivbüro?«

»Nein«, sagte ich, »ich bin auch nicht die Sekretärin.«

»Dann sind Sie so was wie eine Prostituierte.« Eine Feststellung, keine Frage.

»Genau so was. Ja.«

»Könnten wir uns treffen? Ich bin bis morgen abend in der Stadt.«

»Ich muß Sie vorher etwas fragen«, sagte ich hastig, »der Mann, um den es geht. Ist er Anwalt, Richter, schwerreich oder Politiker? Dann müßte ich nämlich gleich ablehnen.«

»Nichts von alledem«, sagte sie trocken. Ich hatte das Gefühl, sie weiß sofort, worum es mir geht. Was ich tue, ist illegal, und wer sich auskennt, auf den eigenen Ruf pfeift oder sich das Geld für einen Anwalt leisten will, kann auf die Idee kommen, mich anzuzeigen. Und an Politiker kommt man nicht heran. Das habe ich ein einziges Mal versucht und mich komplett lächerlich gemacht. Politiker sind die treuesten Ehemänner oder die mißtrauischsten Betrüger der Welt. Wenn es nicht gerade Provinzbürgermeister, Landtagsabgeordnete oder Hinterbänkler sind.

Wir verabredeten uns bei einem Italiener in meiner Nähe. Ich wollte nicht kochen und bekam langsam Hunger. Das ist ein Reflex bei mir. Eine halbe Stunde nach Arlettes Fünfuhrsnack knurrt mein Magen.

Für Frauen ziehe ich mich anders an als für Männer. Flachere Schuhe, weich fallende Stoffe, wenig Farben, nichts Enges. Ich lüftete, während ich das Angebot im Kleiderschrank sondierte, auch gleich die Wohnung, und ein Schwall heißer Spätsommerluft füllte die unbelebten Räume. Es roch schon nach Herbst. Staubig-feucht und faulig.

Ich legte Lippenstift auf – auch das tue ich für Männer nicht, außer ich rechne mit einfacheren Gemütern, die eine Frau ohne Lippenstift für eine Akademikerin halten und sich unterlegen fühlen könnten. Aber die einfacheren Gemüter sind selten. Meine Klientel rekrutiert sich fast nur noch aus den besser verdienenden Schichten. Früher waren auch mal Busfahrer oder Mechaniker dabei. Ich bin wohl zu teuer geworden für normale Leute.

Ich entschied mich für einen eher maskulin geschnittenen dunkelgrauen Hosenanzug und ein weites rostrotes T-Shirt.

Nachdem ich meiner Familie den Wassertopf gefüllt

hatte, ging ich zu Fuß durch die Zehlendorfer Wohnstraßen und kam fünf Minuten zu früh beim Italiener an. Sie war schon da.

Ich wußte nicht, ob ich mich amüsieren oder ärgern sollte – sie war fast genauso gekleidet wie ich. Der Anzug ein bißchen dunkler, das T-Shirt helles Taubenblau. Sie war gerade dabei, das Erkennungszeichen, ein Buch von Axel Behrendt, aus ihrer riesigen Tasche zu nehmen und vor sich auf den Tisch zu legen, als sie mich sah und den Mund zu einem Lächeln verzog, von dem ich nicht sagen könnte, ob es ironisch, selbstironisch oder säuerlich war. Sie stand auf und winkte mit dem Buch.

»Ich bewundere Ihren Geschmack«, sagte ich als erstes, um sie aus der Reserve zu locken.

»Eigenlob«, sagte sie und lächelte noch immer. Sie streckte mir die Hand hin, ich ergriff sie und fühlte, wie sie mich ein bißchen zu sich herzog, als wolle sie mich umarmen oder küssen, aber sie beugte sich nach vorn über den Tisch, um einen Blick auf meine Schuhe zu werfen.

»Na, wenigstens die nicht«, sagte sie erleichtert und setzte sich auf ihren Stuhl zurück.

Ich mußte wohl unverständig dreinblicken, denn sie rückte ein Stückchen zur Seite, stellte ihr Bein vor mich hin und zeigte auf ihre Turnschuhe. »Die Schuhe und die Frisur«, sagte sie, »das ist doch schon was.«

»Wenn Sie an Astrologie glauben, dann ist es der Aszendent«, sagte ich.

»Tu ich nicht. Sie?«

»Manchmal.«

Wir schwiegen eine Zeitlang, sie studierte die Karte. Legte sie hin, schlug sie wieder auf, schlug sie wieder zu, nahm das Buch in die Hand – sie war nervös und wollte es nicht zeigen. Ich gab mir Mühe, meine Arme nicht vor der Brust zu verschränken, und dachte: mal wieder eine künstlich Lockere. Abwarten, bis sie endlich weiß, wie sie anfangen soll.

Sie nahm das Buch und hielt es mir vor die Nase. »Haben Sie schon mal was von ihm gelesen?«

»Nein.« Ich verschränkte nun doch die Arme vor der Brust. Verdammt. Das wollte ich doch nicht. Aber ihre Nervosität war ansteckend, und ich mußte mich an mir selbst festhalten, um nicht, wie sie, das Fummeln anzufangen, Knoten in irgendwas zu machen oder Fransen in die Papiertischdecke zu reißen.

»Es geht um ihn«, sagte sie und legte das Buch wieder hin.

»Den Autor?«

»Ja. Er ist mein Mann.«

Ihr hektisches Wedeln mit der Speisekarte hatte den Kellner auf den Plan gerufen, und wir bestellten. Sie Fisch und Spinat, ich Nudeln. Ich esse immer Nudeln, wenn ich mit Frauen zusammen bin. Ich mag es, wenn sie neidisch auf meinen Teller schielen, während ich scheinbar unbekümmert alles verputze, was vor mir liegt, und am Ende noch die Soße mit Brot austupfe.

Daß ich mir danach gelegentlich den Finger in den Hals stecke, wissen sie nicht.

»Seit wann betrügt er Sie?« fragte ich, als wir für einen Moment allein waren. Das frage ich meistens am Anfang.

»Er tut es gar nicht, zumindest glaub ich nicht, daß er es tut.«

»Was wollen Sie dann von mir?«

Sie überlegte einen Moment, spielte mit ihrem Mineralwasserglas, das der Kellner vollschenken wollte, aber er konnte nicht, weil sie es nicht aus den Händen ließ, also stellte er die Flasche auf den Tisch und ging.

»Ich habe es satt ... nein, anders: Er spielt ein Spiel mit mir, das mir nicht gefällt. Seine Treue, seine Liebe, seine Loyalität, alles ist so heilig, *er* ist so heilig und unantastbar. Ich bin ein banales Würstchen gegen seine Charakterfestigkeit. Er soll mal auf den Boden der Tatsachen zurückkommen. Er ist aus Fleisch und Blut, ein Mensch wie alle anderen, und Menschen machen Fehler. Menschen müssen sich auch mal für was entschuldigen. Sie sind nicht so perfekt wie er.«

Ich war einigermaßen verblüfft. Aus heiterem Himmel wollte die ihre Ehe zerstören oder zumindest gefährden, nur weil sie sich unterlegen fühlte? Das stand doch in keinem Verhältnis. Das war verrückt. Die Frau wollte mit einer Kanone einen Spatzen erschießen.

»Sie riskieren Ihre Ehe wegen so was?«

»Das sollte nicht Ihr Problem sein, oder?«

Ich hatte schon wieder die Arme vor der Brust. Ihre

Arroganz brachte mich aus dem Gleichgewicht und in die Defensive.

»Sie haben recht«, sagte ich. »Tausend im voraus und tausend danach.«

»Ich bin gespannt, ob Sie das schaffen«, sagte sie, ohne mich anzusehen.

»Ich schaffe das immer«, sagte ich, verwirrt, weil mich ihr Zweifel kränkte.

Sie fragte mich aus, und ich war redselig. Irgendwas an ihr löste mir die Zunge. Vielleicht ist sie die geborene Zuhörerin, oder ich war so durcheinander wegen der Mutwilligkeit ihres Auftrags, daß ich alle Vorsicht fahrenließ und freimütig von meiner Arbeit erzählte. Ich brachte sie hin und wieder dazu, laut aufzulachen, und einmal legte sie kurz ihre Hand auf meine. Das hatte ich noch nie erlebt: eine betrogene Ehefrau in spe, die sich freundschaftlich gibt und Interesse für mich und mein Leben bekundet.

Nachdem wir alles besprochen hatten: sein Hotel, die Dauer seines Aufenthalts in Berlin, seine Vorlieben, seine weichen Stellen, war ich noch kleinlauter und nervöser. Sie sagte Sätze wie: »Er wird Sie bald auf den Bauch drehen, er mag Ärsche über alles«, oder: »Lassen Sie ihn ja ausreden, sonst geht er an die Decke.«

Wir tauschten E-Mail-Adressen aus, sie gab mir das Geld, zog es locker aus der Tasche, dann legte sie beide Hände auf den Tisch und sah mit gerunzelter Stirn dem

Kellner beim Vorlegen zu. Kaum war er gegangen, stand sie auf: »Ich hab überhaupt keinen Hunger.« Sie nahm ihre Tasche und warf die Haare aus der Stirn. »Zahlen Sie für mich mit«, sagte sie und legte einen Zwanziger neben den Teller. Dann war sie weg.

Mir war der Appetit vergangen, trotzdem stocherte ich in meinem Essen herum, nahm ein paar Nudeln in den Mund, schluckte sie runter, gab dann aber auf und winkte dem Kellner, dem ich jetzt auch noch lang und breit erklären mußte, daß alles in Ordnung sei, das Essen sowieso, nur die Signora habe gehen müssen, und ich wolle doch lieber einen Espresso.

Auf dem Heimweg überfiel mich ein Platzregen, binnen Sekunden klebte mein schöner Donna-Karan-Anzug an mir wie eine labbrige zu große Haut, und ich stand praktisch nackt vor Sommers, die hektisch ihren Kombi entluden. Ich weiß nicht, wessen Stielaugen größer waren, die des Vaters oder die des Sohnes. Ich brauchte gar nicht an mir herunterzuschauen, um zu wissen, daß meine Brustwarzen sich klar und deutlich abzeichneten, ich sah es an der Verlegenheit des fünfzehnjährigen Linus und am stechenden Blick seiner Mutter.

Ich wurde wie immer von Valentino begrüßt, er wollte seine kleine Willkommensfeier mit Slalom und Geschrei abhalten, aber ich hatte keine Zeit für ihn. Zuerst mußte ich die nassen Sachen loswerden. Er machte sich nichts daraus, daß er ein paar Tropfen abbekam, und folgte mir ins Bad. Bevor ich mich unter die Dusche stellte, öffnete ich noch das Fenster, das tu ich seit einiger Zeit. Genaugenommen, seit ich weiß, daß Linus in den Büschen steht und mich beobachtet. Er ist ein netter Junge, die Katzen mögen ihn, und ich glaube, seine Nächte sind nicht sehr erholsam. Vermutlich gebe ich mich in seinen Träumen zu den irrwitzigsten Dingen her.

Draußen schüttete es wie beim Weltuntergang. Das Rauschen der Dusche mischte sich mit dem des Regens, ich hätte Lust gehabt zu singen, aber die Abba-Melodie in meinem Kopf war mir nicht schön genug, und eine andere fiel mir nicht ein. Tino saß erwartungsvoll auf der Türschwelle – er würde gleich den Rand des Duschbeckens ablecken. Das tut er immer. Wenn ich bade, trinkt er aus der Wanne. Ich mußte ihn schon zweimal rausfischen, weil er vor lauter Gier das Gleichgewicht verloren hatte.

Die Frau hatte mir das Buch dagelassen. Ich schlug es irgendwo auf, blätterte hin und her darin, aber dann las ich mich fest, unterbrach nur, um Kräutertee zu machen, und später noch mal, weil alle außer Arlette mich mit heuchlerischer Nachsicht an ihr überfälliges Abendessen erinnerten. Ich las bis in den frühen Morgen, hörte erst auf, als ich die Augen nicht mehr offenhalten konnte, und schlief unruhig, träumte wirr und wachte ein paarmal mit klopfendem Herzen auf. Das Buch hatte mich eingesogen.

Ich war dort, in der Geschichte, in einer deutschen Kleinstadt und hatte eine Familie, die einander liebt und verletzt, hatte Brüder, die mich plagten und beschützten, und eine Mutter, die für mich auf den Strich gehen würde. Noch fünfzig Seiten lang.

Ich machte nur Katzenfrühstück, biß von einer Scheibe trocken Brot ab und las weiter. Nach einer Stunde war ich durch und wußte nicht, ob ich lachen oder weinen wollte, das Buch noch mal von vorn anfangen, weiterschlafen, verreisen, heiraten – ich wußte gar nichts mehr. Doch, eines wußte ich: Mir fehlt irgendwas.

Und: Ich will diesen Mann nicht reinlegen.

Eigentlich hatte ich vorgehabt, mich in der Hotelbar an ihn heranzumachen. Ich hätte ein Buch in der Hand gehalten und ganz versunken darin gelesen, nichts um mich herum wahrgenommen – ich stellte mir vor, eine hingegebene Leserin muß einen Autor interessieren. Natürlich wäre es kein Buch von ihm gewesen. So eitel konnte er nicht sein.

Dann wurde mir klar, was los war. Das altbekannte Ziehen im Unterleib: meine Tage. Fast eine Woche zu früh. Deshalb hatte mich das Buch so aus dem Gleichgewicht gebracht, und deshalb wollte ich den Mann auf einmal vor mir beschützen. Ich werde immer sentimental und kleinlaut und frage mich, ob mein Leben nicht völlig sinn- und würdelos ist. Alles klar. Zwangspause.

Normalerweise hätte ich in so einem Fall den Vorschuß zurückgegeben, aber mein Romeo sollte zehn Tage in Berlin bleiben, also lief mir der Job nicht weg.

Wäre ich eine richtige Frau, dann würde ich in dieser Stimmung Streit suchen, heulen, zum Friseur oder Einkaufen gehen, aber ich bin keine richtige Frau. Ich bin nicht neugierig, ich suche keinen Mann, ich finde nichts an Babys. Ich las das Buch noch mal von vorn. Um den Bann zu brechen.

Das gelang mir nicht – es fing mich wieder ein, aber diesmal anders, denn ich las nicht mehr gierig und verletzbar wie beim ersten Mal, sondern mit Genuß. Ich ließ mir sozusagen die Worte auf der Zunge zergehen. So verbrachte ich den Tag.

Irgendwann nachts – ich war wieder so für den Mann eingenommen, daß ich ihn nicht schädigen wollte – schrieb ich seiner Frau eine kurze E-Mail: *Steht Ihr Entschluß noch immer fest, oder wollen Sie sich's noch mal überlegen? Ich frage das nur, weil mir Ihr Motiv nicht ganz geheuer ist. Wenn Sie wollen, schick ich das Geld zurück.*

Beim Absenden wunderte ich mich über die E-Mail-Adresse der Frau. Sinecure@aol.com. Seltsam. Ich schlug das Wort nach. Pfründe ohne Verpflichtung, sorgenfreie Stellung. Sehr seltsam. Und irgendwie zickig.

Am nächsten Tag kaufte ich noch drei Bücher von ihm, mit denen ich den Rest meiner Periode verbringen würde. Als ich nach Hause kam, war ihre Antwort da: *Tun Sie's.* Weiter nichts.

Es wurde spürbar Herbst. Das Licht wirkte anders, diesiger, weißer, und die Luft war feucht und schwer. Ich legte öfter meine Hände an die Oberarme, als fröre ich trotz der Wärme, und ich spürte diese kleine, süße Trauer unterm Zwerchfell, die mich in anderen Zeiten dazu verführt hatte, Gedichte zu schreiben. Heute schnaube ich höchstens noch herablassend durch die Nase oder amüsiere mich über mich selbst. In ein paar Wochen würden die Katzen wieder haaren und doppelt soviel fressen.

Vielleicht lag es auch nicht am Herbst, vielleicht waren es die Bücher. Ich las alle drei, aber schon beim zweiten brachte ich die Figuren durcheinander, und das dritte begriff ich nicht mehr – ich sagte es mir nur noch vor. Ich schweifte ab, überlegte immer wieder, wie ich an ihn herankommen sollte – das hatte ich früher nie getan –, und ging in der Wohnung auf und ab.

Früher war ich meiner Eingebung gefolgt. War mein Wild Taxifahrer, dann stieg ich eben ein und war bereit, war er Arzt, dann besorgte ich mir einen Termin, war er Polizist, dann meldete ich einen Handtaschenraub. Ich ging einfach auf die Kerle los und ließ es auf mich zukommen. Aber jetzt hatte ich für jeden Plan ein Gegenargument und glaubte, immer noch eine raffiniertere Variante ausklügeln zu müssen.

Die Bücher waren schuld. Sie brachten mich durcheinander. In diesen Geschichten war ein Leben, das ich nicht kannte. Liebespaare, die sich finden und verlieren, Eltern, die ihre Kinder nicht freigeben können, Freunde, die sich um jemanden sorgen, Verwirrung, Abwege, Verrat, Betrug – nichts davon hatte ich erlebt. Jedenfalls nicht in den letzten Jahren.

Obwohl, Verrat und Betrug waren doch meine Spezialität. Ich lebte davon. Aber nichts davon war je *mir* widerfahren, ich hatte immer nur ausgeteilt, nie eingesteckt, hatte nichts dabei gespürt. Es betraf die anderen. Nicht mich.

Ich war vom Abitur weg in diese abgegrenzte Schein- oder Unterwelt geraten. Was ich kannte, waren Kneipen, Freier, das karnevalistische Getue, mit dem man sich die Furcht vor der Vagheit der Nächte vertreibt, meine Höhle, meine Katzen. Nur Murmi, solange sie lebte, war ein echter Mensch gewesen. Alle anderen nur Statisten, Kunden oder Störfaktoren.

Und jetzt störten mich die Bücher.

Eigentlich bin ich eine Katze. Für mich soll alles so sein, wie es immer ist, es braucht sich nichts zu ändern. Wenn ich es warm habe, schlafen darf, Musik hören, lesen und essen, was ich mag, dann geht es mir gut. Meine sporadischen Jobs sind mehr oder weniger unterhaltsame Abwechslungen, nach denen ich mich seufzend in den Alltag zurücksinken lasse. Ich war mir sicher, daß ich mein Leben in Ordnung fand.

Und ich hatte doch schon so viel gelesen – das Lesen war meine Hauptnebenbeschäftigung. Wieso erwischte mich jetzt auf einmal ein Autor mit seiner Sprache und seinen Figuren so kalt und ließ mich mein Leben als karg und kläglich empfinden?

3

»Hallo?«

»Vera Sandin. Entschuldigen Sie den Überfall. Herr Behrendt?«

»Ja.«

»Ich bin Journalistin und würde mich gern mit Ihnen treffen. Hätten Sie denn irgendwann in den nächsten Tagen Zeit?«

»Woher haben Sie denn die Telefonnummer?«

»Ahm, Ihre Frau hat sie mir gegeben. Störe ich Sie denn? Sie fragen so mißtrauisch.«

»Nein, Sie stören nicht. Ich bin nur überrascht. Das ist alles. Wenn Sie wollen, treffen wir uns. Heute? Am Nachmittag?«

»Gern. Wo? Wann?«

»Sagen Sie's.«

»Ich hol Sie am Hotel ab?«

»Gut. Das Residenz in der Meinekestraße. Halb vier. Für wen schreiben Sie denn?«

»Ich bin Freie. Ich will's anbieten. Weiß noch nicht wo.«

»Gut, bis dann.«

✧

Wieso war ich aufgeregt? Ich bin normalerweise vor der Jagd gelassen und gelangweilt. Ich weiß, was auf mich zukommt. Ein mehr oder weniger uninteressanter Mensch wird sein Ding in mich stecken, sich eher kurz als länger vor- und zurückbewegen, dann stöhnen, dann ein paar Geschichten erzählen, die davon handeln, wie toll er ist, wie gut er das kann, wofür man ihn bezahlt, und sich dann trollen. Und ich habe Strom, Wasser, Katzenstreu und Futter für ein Jahr verdient. Fertig. Mehr nicht. Es ist banal. Kein Grund, sich darüber den Kopf zu zerbrechen.

Aber diesmal hatte ich nachgedacht, und irgendwas war nicht perfekt. Vielleicht seine mißtrauische Fragerei, vielleicht auch meine Idee, als Journalistin aufzutreten. Ich hatte während meines Studiums eine Zeitlang für die Taz geschrieben und sollte mich also nicht allzusehr blamieren. Ich stell ihm Fragen und mach mir Notizen, was ist schon dabei, dachte ich und ging nach nebenan, um einen Blick in den Kleiderschrank zu werfen.

Aber als ich die U-Bahn-Treppe hinabstieg, hatte ich keins meiner Jagdkostüme an. Ich trug Jeans, einen dunkelblauen Baumwollpulli und den leichtesten meiner Dufflecoats. Keine Verkleidung. Nur unbequeme Schuhe.

✧

Ich erkannte ihn, obwohl er eine Brille trug. Sein schmales Gesicht mit den weichen Zügen war mir von den Büchern her vertraut. Er nahm meine Schüchternheit mit freundlicher Ruhe hin, vielleicht war er es gewohnt, daß man ihm mit Hemmungen gegenübertrat, vielleicht rührte ihn auch mein studentenähnliches Outfit. Aber *ich* war es nicht gewohnt, schüchtern zu sein. Ich hätte mir einen Finger abreißen können vor Ärger darüber.

Und noch etwas störte mich. Er war neutral. Kein Mitglied des Breis. Er wollte nichts von mir, war höflich und im Dienst, traf sich einfach mit irgendeiner Journalistin, um ihre Fragen zu beantworten. Als ich das bemerkte, wurde ich noch gehemmter. Und noch ärgerlicher.

Wir setzten uns in ein Café gegenüber, und ich legte beflissen Kuli und Notizblock vor mich hin, schaute nicht auf, suchte in meiner Tasche herum, aber ich wußte nicht, wonach. Zigaretten wären jetzt gut gewesen, aber ich rauche nicht. Um dieses dumme Schweigen nicht noch länger werden zu lassen, überfiel ich ihn mit meiner ersten Frage: »Ist die Welt in Ihren Büchern etwas, wonach Sie sich sehnen, oder etwas, dem Sie entkommen wollen?«

»Ich denke, es ist die Welt, in der wir leben. Eltern, Geschwister, Freunde, Schulkameraden, eine kleinstädtische Version der Wirklichkeit.« Er brauchte keine Sekunde, um zu überlegen. Die Antwort kam wie vorgefertigt.

»Werden Sie das oft gefragt?«

»Nein«, sagte er, »nie. Warum?«

»Weil Ihre Antwort so schnell kommt.«

Er lächelte. Vielleicht mochte er es, daß ich versprach, anstrengend zu werden. Und jetzt schien er auch ein bißchen von seiner Neutralität verloren zu haben. Er sah mich interessiert an, interessiert an mehr als meinen Fragen.

Ich fühlte mich ein wenig stärker und setzte nach: »Und Sie weichen aus.«

»Stimmt.« Er lächelte breiter.

Jetzt war die Bedienung an unseren Tisch getreten, und wir bestellten. Er Cappuccino, ich Tee.

»Und warum weichen Sie aus?«

»Weil ich Ihnen nicht glaube.«

»Was gibt's bei einer Frage zu glauben? Das versteh ich nicht.«

»Sie sind keine Journalistin.«

Mir wurde schwindlig vor Schreck. War ich so schlecht? Mir fiel nichts anderes ein als der dumme Satz: »Was bin ich dann?«

»Sagen *Sie's* mir.«

Er fixierte mich, selbstsicher und triumphierend, ein arroganter Fatzke. Jetzt fiel mir auch auf, daß er teuer gekleidet war. Anzug und T-Shirt aus weichem Material. Ein Provinzler, der sich stadtfein gemacht hat. Ich starrte zurück.

»Und woher wollen Sie wissen, daß ich nicht echt bin?«

»Ich habe erstens eine Geheimnummer, Sie hätten gar nicht bei mir zu Hause anrufen können, und zweitens würde meine Frau mich fragen, bevor sie Ihnen meine Hotelnummer gibt.«

»Rufen Sie sie doch an und fragen sie.« Jetzt hatte ich wieder Oberwasser. Die Frau würde ja wohl schnell genug schalten und kapieren, um wen es geht. Ich verschränkte meine Arme vor der Brust. Dumm. Als ich es bemerkte, nahm ich sie schnell wieder runter, aber er hatte die trotzig-ängstliche Gebärde schon bemerkt, schüttelte nachdenklich den Kopf und biß sich auf die Unterlippe. »Nein, das mach ich nicht.«

»Wieso nicht?«

»Aus einem Grund, den ich Ihnen nicht erklären will.«

Mir kam eine Idee. »Warum treffen Sie sich denn mit mir, wenn Sie nicht glauben, daß ich ein Interview mit Ihnen machen will?«

»Ich will wissen, was dahintersteckt.«

»*Ich* stecke dahinter.«

»Und wer ist das?«

Am liebsten wäre ich aufgesprungen und davongerannt. Das lief alles überhaupt nicht so, wie ich es geplant hatte. Darauf, daß er mir inquisitorische Fragen stellen würde, war ich so wenig vorbereitet wie darauf, daß er sich in diesem selbstgefälligen Ignorieren meiner Reize gefiel. Und daß er mich verwirrte und ich nicht wußte, wohin mit meinen Händen. Zum Glück kam die Bedienung und stellte unsere Getränke auf den Tisch.

Ich wollte gerade anfangen, ihm eine improvisierte Geschichte zu erzählen, daß ich immer gern geschrieben hätte und jetzt versuchen wolle, als Journalistin Fuß zu fassen, da merkte ich, wie mein alter Jähzorn, den ich schon Jahre überwunden geglaubt hatte, mich wieder einholte. Ich spürte von den Zehen her eine Starre in mir aufsteigen, von der ich wußte, spätestens wenn sie beim Magen angelangt wäre, ginge es meinem Gegenüber schlecht. Ich glaube, sie war am Schambein, oder vielleicht auch schon am Nabel, als ich herausplatzte: »Sie finden sich toll, oder?«

Er wurde bleich und suchte wohl nach Worten, aber ich ließ ihm keine Zeit, sich elegant zu revanchieren. Ich stand einfach auf, sagte: »Sie zahlen« und ging. Mein Teebeutel lag noch unbenutzt neben der Tasse. Sein Blick verätzte mir den Rücken, bis ich endlich um die nächste Ecke gebogen war.

War ich nun erleichtert, wütend oder beschämt? Ich wußte es nicht. Was ich wußte war: Ich hörte meine Schritte, das Klack-Klack meiner Absätze, und es ging mir auf die Nerven. Den ganzen Weg bis zur U-Bahn und den ganzen Weg nach Hause beherrschte ich den Impuls, die Schuhe von den Füßen zu schleudern und barfuß weiterzugehen.

Doch. Ich war beschämt. Als ich die Tür hinter mir schloß und mit dem Schuh, den ich jetzt endlich von mir kickte, beinahe Sabinchen traf, die mich mit einem leisen Gurren begrüßt hatte, aber auf ihrer Sofalehne liegen geblieben war, wußte ich, daß ich mich schämte. So was war mir bis jetzt nur einmal passiert, und damals war der Mann impotent gewesen. Und fett. Der hinterging seine Frau mit Sachertorte, nicht mit einer wie mir. Aber sie hatte, weil sein Interesse an ihr abgeflaut war, geglaubt, er schaue sich anderswo um. Wir lachten damals, und ich hatte das säuerliche Vergnügen, eine Ehe zu retten.

War dieser selbstgefällige Herr Behrendt vielleicht auch impotent? Dann sollte es nicht schwierig sein, ihn damit zu verletzen. Aha. Ich war also auch wütend. Seine staubtrockene Gelassenheit ging mir wohl an die Ehre. Meine Hurenehre.

Und erleichtert war ich auch. Ich mochte ihn noch so wüst beschimpfen, eigentlich hatte ich ihn nicht reinlegen wollen. Das immerhin war mir gelungen.

Ich schrieb eine E-Mail an seine Frau: *Ich hab es nicht geschafft. Der Mann ist nicht zu erweichen. Jetzt weiß ich, was Sie mit »heilig« meinten. Er ist wohl sehr von sich überzeugt. Tut mir leid. Ich hoffe, das ist dennoch eine gute Nachricht für Sie, auch wenn Ihnen etwas anderes vorgeschwebt hat. Mein Geld habe ich allerdings redlich verdient. Ich will Ihren Mann nicht beleidigen, aber... doch, ich will ihn beleidigen, aber das tu ich nicht Ihnen gegenüber, es reicht, wenn ich es am Briefträger auslasse. Seien Sie gegrüßt und nicht allzu enttäuscht. V. Sandin*

Ich schickte die Mail ab und war noch immer auf hundertachtzig. Ich entschloß mich, noch mal rauszugehen, bevor ich meiner Familie auf den Wecker fiele.

Die konnten schließlich nichts dafür, daß ich ihr Whiskas verdiente, indem ich versuchte, den Papst zu verführen. Schnell weg. Jetzt gab ich ihnen schon die Schuld.

Als ich vor der Tür stand und nicht wußte, wohin ich mich wenden sollte, ich wußte noch nicht einmal, ob ich spazierengehen, einkaufen, ins Kino oder schwimmen gehen wollte, da klingelte das Telefon. Ich zog die Tür ins Schloß und kümmerte mich nicht darum. In diesem Zustand wäre ich keinem Job gewachsen.

4 Ich kam nur bis zum Gartentor. Dort stand Axel Behrendt, das Handy noch am Ohr, linkisch mit betretenem Gesicht. Er schaute auf sein Handy, als mache das Gerät sich lächerlich statt seiner. Dann drückte er den Knopf. Er wirkte gar nicht souverän.

»Woher haben Sie meine Nummer?« fragte ich, bevor er sich fangen konnte, aber ich war zu langsam gewesen.

Er hatte schon seine alte Form wieder: »Soll das ein Running Gag werden? Sie stehen im Telefonbuch.«

»Was wollen Sie?«

»Das angefangene Gespräch fortsetzen, Sie zum Essen einladen, mich entschuldigen, suchen Sie aus, was Ihnen am besten gefällt. Ich will immer noch wissen, was dahintersteckt.«

»Essen ist gut. Gehen wir.«

Ich führte ihn zu meinem Italiener. Das erschien mir passend. Ich wollte ihn auf demselben Stuhl sehen, auf dem seine Frau mich auf ihn angesetzt hatte. Wir gingen ein Stück schweigend, und ich unterdrückte den Impuls, mich bei ihm unterzuhaken. Statt dessen fragte ich irgendwann: »Woher der Sinneswandel?«

»Kein Sinneswandel«, gab er zurück, »*Sie* sind abgehauen.«

»Dann eben: woher die überraschende Beharrlichkeit?«

»Mir ist langweilig. Sie sind eine schöne Frau. Ich würde lieber den Abend mit Ihnen als allein verbringen.«

»So einfach ist das?«

»Was soll daran einfach sein?«

»Sie sind ganz schön anstrengend«, sagte ich, ohne ihn dabei anzusehen. Dieses Pingpong begann, mir auf die Nerven zu gehen.

»Den Eindruck hatte ich auch von Ihnen.«

So ging es weiter, bis wir ankamen. Verbales Versteckspiel und herausforderndes Geplänkel. Und dann war ich es leid und antwortete auf seine leichthin gestellte Frage: »Was tun Sie also, da Sie keine Journalistin sind?« ebenso leichthin: »Ich bin Callgirl.«

Er war gerade im Begriff gewesen, sich zu setzen, nicht auf den Stuhl, den ich ihm zugedacht hatte, weil der Tisch mit pizzaessenden Kindern besetzt war, aber meine Antwort stoppte ihn. Er hielt in der Bewegung inne, mit der er den Stuhl zu sich herangezogen hatte, und sah mich an. Ich erwiderte seinen Blick und spürte, daß ich lächelte. Er sah zu dämlich drein. Ich klopfte wie eine Zeremonienmeisterin auf den Tisch, um ihn daran zu erinnern, daß er sich setzen wollte. Er tat es. Und schaute noch immer dämlich drein. Er fuhr sich sogar mit der Hand durch die Haare. »Und was wollten Sie dann von mir?«

Ich lehnte mich zurück. Er sah sich im Lokal um, als fürchte er, jemand könnte ihn erkennen und beim Geplauder mit einer Hure ertappen, aber nein, das war ungerecht. Er suchte den Kellner.

Seine Frage stand noch immer im Raum. Ich mußte improvisieren. »Ich dachte, vielleicht interessiert Sie meine Geschichte.«

Wieso hatte ich das gesagt? Ich trat mir unterm Tisch mit dem Absatz auf den Fuß. So was Idiotisches. Ich wollte ihm keineswegs was erzählen. Ich wollte ihn ins Bett kriegen und basta. Allerdings, vielleicht war diese Eingebung gar nicht so übel. Ein Schriftsteller will doch Geschichten hören, oder? Andererseits wurde er sicher oft von Leuten belästigt, die ihr eigenes ödes Leben für so spannend halten, daß er es unbedingt aufschreiben muß. Doch keine so gute Idee.

Er war noch immer durcheinander, aber jetzt suchte er nicht mehr nach dem Kellner, sondern nach Worten. »Ich bin… entschuldigen Sie… das ist einfach erstaunlich. Ich dachte, so was wie Sie gibt es nur in den Träumen von Männern.«

»Sie wußten nicht, daß es Callgirls gibt? Das werden Sie mir nicht erzählen wollen.«

»Nein, natürlich nicht. Ich hatte nicht für möglich gehalten, daß eine so...«, er überlegte – er suchte gründlich und geduldig nach dem richtigen Wort, schade, daß es dann eins der banalsten war, die er hätte verwenden können –, »... beeindruckende Frau wie Sie das macht. Ich habe mir Callgirls immer eher...«, er suchte schon wieder.

Ich half ihm: »Vulgär? Billig? Peinlich?«

»Ja, genau. Vulgär. Ich dachte, der Beruf zieht nur dumme Frauen an.«

»Ich könnte dumm sein. Woher wollen Sie wissen, daß ich's nicht bin?«

»Sie sind nicht dumm.«

»Eins steht fest: Sie haben keine Erfahrung damit.«

»Finden Sie, ich sollte?«

Er flirtete mit mir. Endlich. Ich lehnte mich zurück.

»Das entscheide nicht ich. Ich weiß nicht, was Sie brauchen.«

Er wurde ernst und schaute nach irgendwo, während er leise, so leise, daß ich mich ein wenig zu ihm hinüberbeugen mußte, sagte: »Wer weiß schon, was er braucht.«

Ich wollte keine nachdenklichen Töne hören. Er sollte weiter flirten. »Was finden Sie denn an mir so beeindruckend?«

Aber er war schon verloren für den leichten Ton, den ich anschlagen wollte. Ein Mann mit schnellen Stimmungswechseln. Er blieb in sich gekehrt und nahm meine Frage ernst, anstatt sich mit einer seichten Nettigkeit bei mir einzuschmeicheln. »Darf ich einen Moment nachdenken? Die Antwort ist nicht einfach.«

Ich schlug die Speisekarte auf, aber ich las nicht darin. Ich kannte sie erstens auswendig und war zweitens ganz und gar auf ihn konzentriert. Wie er da saß, den Oberkörper leicht nach vorn gebeugt, Zeigefinger und Daumen am Mund, als hätte er sich eben erst das Nägelkauen abgewöhnt, schien er mir scheu und kein bißchen eingebildet. Er suchte aufrichtig nach der Antwort.

»Ich weiß ja nichts über Sie«, sagte er dann, »aber Ihre Aura hat etwas...«

»Aura? Wird's jetzt esoterisch?«

»Meinetwegen Ausstrahlung. Sie ist widersprüchlich, inkongruent. Das ist beeindruckend. Mich beeindruckt es jedenfalls. Sie sind...«

»Inkongruent? Geht's auch auf deutsch?«

»Uneinheitlich. Sie wirken einerseits souverän und andererseits einsam. Das widerspricht sich. Souveräne Leute sind gesellig, zurückgezogene sind fahrig und fahl. Sie sind...«

Ich unterbrach ihn schon wieder. Der ganze Ton paßte mir nicht, obwohl er sich doch auf mich konzentrierte, sich offenbar Mühe gab, mich nicht mit einer Floskel abzuspeisen. »Einsam, ich heul gleich. Haben Sie noch was Tragischeres im Beutel?«

»Falls das platt klingt, kann es auch daran liegen, daß Sie nur Klischees im Kopf haben.« Da war er wieder. Der arrogante Affe. »Wenn Sie mit mehr als zwei Sätzen pro Antwort nicht klarkommen, dann sollten Sie mich nichts fragen.«

Ich knallte die Karte auf den Tisch. Mein großer Zeh begann schon wieder zu erstarren. Sie hatte mich gewarnt. Ich sollte ihn nicht unterbrechen. Mein Zorn verschwand wieder, als ich begriff, daß ich auf mich selbst wütend war. Ich hatte es vermasselt. Ich schwieg und sah ihn nicht an.

»Haben Sie ein Auto?« fragte er. Als wäre nichts gewesen. War er etwa auch jähzornig? Das konnte ja gemütlich werden.

»Ja«, log ich. Keine Ahnung, weshalb, ich folgte meinem Instinkt. »Wieso?«

»Ich habe einen Roman fertig, der hier in Berlin spielt, und will in den nächsten Tagen alle Schauplätze abfahren, um zu sehen, ob ich sie richtig beschrieben habe. Eigentlich eine langweilige Recherche, aber wenn Sie mir Ihre Geschichte erzählen wollen, könnten Sie mich doch chauffieren. Hätten Sie Lust dazu?«

Eigentlich wollte ich ihn noch an diesem Abend erledigen, aber ich sagte ja. Wer weiß, vielleicht mußte ich mich an diesem Fall etwas länger abarbeiten, dann hatte ich als Chauffeurin den Fuß in der Tür. Und wenn nicht, dann konnte ich ihn immer noch versetzen. Er wäre nicht der erste, dem ich mehr versprach als hielt.

»Was ist das für ein Roman?« fragte ich.

Aber er ließ sich nicht ablenken. Egal. Hauptsache er war interessiert. Wenn auch nur an meinem Beruf.

»Haben Sie einen Freund oder Ehemann«, fragte er, »jemanden, der sich damit abfinden muß, daß Sie mit anderen Männern schlafen?«

»Nein. Das haben Sie doch schon in meiner Aura gelesen.«

Er runzelte die Stirn, wollte nicht von Spott gestört werden, wischte mein Angebot, das Ganze ein bißchen leichter zu nehmen, einfach weg. »Suchen Sie sich die Männer aus? Oder müssen Sie jeden akzeptieren, der Sie anruft?«

»Ich bin mein eigener Herr«, sagte ich. Es klang trotzig. Wieso? Ging es mir darum, ihm klarzumachen, daß ich keinen Zuhälter hatte? Daß ich keine billige Hure war? Warum?

Es war anstrengend. Ich mußte immerzu Erfahrung mit Erfindung mischen. Ich behauptete, ich gehe nach der Stimme, die Stimme verrate fast alles über einen Menschen, ich sei in der Lage, zu hören, ob ein Kerl Manieren habe, auch der Preis spiele eine Rolle, meistens träfen sich doch Geld und Manieren, aber ich war innerlich fahrig und nervös, in ständiger Panik, etwas Wichtiges zu übersehen und kompletten Blödsinn zu reden. Ich war froh, als unser Essen kam und er sich über die zu weichen Spaghetti ärgern konnte. Das verschaffte mir ein bißchen Luft.

Aber nur ein bißchen. »Gab es nie böse Überraschungen«, fragte er, nachdem er sich damit abgefunden hatte, die labbrigen Spaghetti zu essen, »daß einer sich als brutal oder sonstwie ekelhaft herausgestellt hat, obwohl seine Stimme Ihnen am Telefon gefiel?«

»Sonstwie ekelhaft sind sie doch alle«, sagte ich und hätte mir am liebsten auf die Zunge gebissen. Das klang nach Opfer. Nach Tristesse. Das wollte ich nicht. Ich wollte glamourös erscheinen. »Mehr oder weniger.« Ich versuchte, die Aussage abzuschwächen, aber das gelang nicht. Er sah mich fragend an.

✧

Es war noch in meiner Hundertmarkphase. Ich zapfte Bier in einer Kreuzberger Kneipe, die hauptsächlich von Sozialarbeitern und Lehrern besucht wurde. Ich hatte mich auch schon ein paarmal abschleppen lassen, aber hier schienen sich alle schwäbischen Romantiker zu treffen, denn sie waren fast immer empört, wenn ich ihnen eröffnete, daß es was kostete. Einer ließ mich sogar wortlos stehen. Die anderen wollten dann wenigstens das Hotel sparen und schleppten mich entweder zu sich nach Hause oder suchten verschwiegene Winkel im Park, die nicht schon von Pennern oder anderen Liebespaaren okkupiert waren. Also wunderte ich mich nicht, als der blasse, bärtige Jüngling namens Dieter vorschlug, bei sich zu Hause »noch was zu trinken«.

»Ich koste was«, sagte ich, als wir draußen waren, um es gleich hinter mich zu bringen.

»Weiß ich«, murrte er und sah in eine andere Richtung. Das wunderte mich. Ich war mir sicher gewesen, er protestiert. Vielleicht hatte ihn einer seiner Kumpels auf mich aufmerksam gemacht. Ich war schon fast ein Jahr in dieser Kneipe.

Wir fuhren in einem alten Auto nach Lichtenrade, mein halbes Honorar ginge fürs Taxi drauf, wenn er mich nicht nach Haus bringen würde, er hielt vor einem

Ensemble kleiner Backsteinhäuser und führte mich in eins davon. Zuerst dachte ich, der sieht aber nicht nach Einfamilienhaus mit Garten aus, da fiel mir ein, daß ich schon einmal in einem ähnlich gebauten Studentendorf gewesen war. Das paßte. Drinnen schien es dann allerdings eher eine Mischung aus Wohnung und Krankenhaus, denn an der Wand im Flur lehnten Krücken, ein zusammengeklappter Rollstuhl und ein Tablett mit Beinen, das man übers Bett montieren kann.

  Er brachte mich in sein Schlafzimmer, gab mir was zu trinken, war freundlich und ein bißchen schüchtern, und als er mich bat, mich auszuziehen, tat ich es. Er zog sich ebenfalls aus, und als er die Cordjeans von den Hüften zog, schnappte sein Penis schon steif und krumm aus der Hose. Ich rechnete halb damit, daß ihm mein Anblick schon zum Kommen reichen würde, aber damit hatte ich kein Glück. Ich sollte mich aufs Bett knien. Das tat ich und wartete, den Kopf gesenkt, daß er sich mit mir befassen würde, aber ich hörte ihn durchs Zimmer gehen und etwas Schweres zur Seite ziehen. Ich sah hin und erstarrte. Hinter einer breiten Faltschiebetür, die ich vorher zwar bemerkt, aber, da sie geschlossen war, nicht weiter beachtet hatte, saßen vier mongoloide junge Männer mit heruntergelassenen Hosen und glotzten mit ihren wäßrigen Augen auf mich, die ich da auf Händen und Knien, den Hintern in der Luft, auf meinen Beglücker wartete. Jeder dieser Jungs hatte sein Glied in der Hand. Sie waren bereit, uns zuzusehen und sich dabei einen runterzuholen. Ich war so entsetzt, daß ich mich nicht bewegte.

Dieter kam her zu mir und wollte ohne weitere Umstände, ohne ein Wort der Erklärung, der Entschuldigung, eine Bitte um mein Einverständnis oder einen Appell an meine Großzügigkeit, loslegen. Erst als ich ihn spürte, erwachte ich aus meiner Starre. Ich schnappte hoch, kam auf die Beine, sah aus dem Augenwinkel, daß die Herren sich schon fleißig selbst versorgten, und verpaßte dem verdutzten Dieter gleich zwei von meinem Zorn befeuerte, garantiert schmerzhafte Ohrfeigen. Er sah jetzt ebenso blöde drein wie seine Schützlinge. Ich raffte meine Kleider zusammen und wollte nur weg von hier.

Ich war noch nicht in mein Höschen gestiegen, da hatte er mich schon am Arm gekrallt und zischte: »Du bleibst hier.«

Ich antwortete nicht, versuchte mich weiter anzuziehen, aber ich wurde seine Kralle nicht los. Er riß mich zum Bett zurück und wollte mich wieder auf Hände und Knie zwingen. Jetzt kämpften wir miteinander, ich mit meinem Höschen in der Hand, er mit einem schlaff gewordenen, schlenkernden Pimmel unterm Bauch. Unser Publikum machte Pause und sabberte.

Von einer Sekunde zur anderen wichen mein Zorn und die daraus entstandene Kraft dem heulenden Elend. Ich gab auf und ließ zu, daß er mich aufs Bett bugsierte und hindrapierte, wie er es haben wollte – nämlich so, daß die Jungs auch alles recht gut sehen konnten, er brachte sich mit der Hand wieder in Form und fing mit der Vorstellung an. Durch meine Tränen – ich heulte jetzt wie ein Schloßhund – sah ich, daß mein Publikum wieder beschäftigt war, ich hörte sie atmen, keuchen, japsen und auch die Geräusche, die wir machten, einschließlich meines Schniefens und Schluchzens, und dachte nur noch, es geht vorbei. Und es ging vorbei. Es war ein Alptraum, aber es ging vorbei.

Als Dieter mit einer Art Triumphgeheul gekommen war, fiel er aufs Bett und stierte in die Luft, so daß ich mich anziehen und abhauen konnte. Ich versuchte, den Blicken der jungen Männer auszuweichen, aber ich wußte, sie starrten mich an und versuchten, den letzten Rest an Geilheit noch schnell, bevor ich weg sein würde, aus meinem Anblick in ihre schon wieder schlaff werdenden Pimmel zu reiben. Es war ekelhaft.

Als ich draußen war und, so schnell ich konnte, zur nächsten größeren Straße lief, war ich nicht mehr lebendig. Ich hatte keinen Körper mehr. Die hatten mich aufgefressen und ausgeleert. Ich existierte nur noch als Bild in ihren dummen Köpfen und als Triumph im kranken Hirn dieses faden, fusselbärtigen Dieters, der sich vermutlich auch noch sozial und fortschrittlich und wie der Held in einem französischen Film vorkam, der seinen Schützlingen mal was Schönes spendiert, und niemals begreifen würde, daß er ein perverses, gemeines und exhibitionistisches Arschloch ist.

Ich mußte wohl eine Stunde oder länger zu Fuß gegangen sein, bis ich endlich ein Taxi sah. Erst als ich drin saß, fiel mir auf, daß ich fror. Und nicht mal kassiert hatte.

✧

Ich hatte ihn beim Erzählen nicht angesehen und er keinen Laut von sich gegeben. Einmal, als uns der Kellner unterbrechen wollte, winkte Behrendt nur ab, so daß der Mann in einiger Entfernung haltmachte und wieder umdrehte. Jetzt schwiegen wir.

Nach einiger Zeit sah ich ihn an. Er war verletzt. Ich würde das Wort »betroffen« verwenden, wenn ich dabei nicht an Leute wie diesen Dieter denken müßte. Ich ließ ihm Zeit. Ich mußte mich selbst erst wieder fangen, denn die Geschichte hatte mich so mitgenommen wie ihn.

»Können Sie sagen, was genau das Schlimmste daran war?« Seine Stimme klang ein bißchen brüchig, er merkte es selbst und trank einen Schluck Wasser. »War es, daß der Kerl Sie nicht gefragt hat, war es die Vergewaltigung, oder waren es die Zuschauer.« Er trank noch einen Schluck. »Oder war es der spezielle Zustand dieser Zuschauer?«

Ich sah ihn nur an. Sagte nichts, hörte an seiner Stimme, daß er noch weiterreden wollte.

»Verstehen Sie mich nicht falsch. Sie hätten diese Geschichte genausogut als komisch hinstellen können, aber es war für Sie ein Alptraum. Warum?«

»Danke für den Tip«, sagte ich, »das nächste Mal erzähl ich sie komisch.«

»Ich will Sie nicht verbessern. Ich will es nur genau wissen.«

»Es erinnerte mich an gleich zwei meiner schlimmsten Erlebnisse.«

Er könne nicht mehr sitzen bleiben, sagte er, ob ich Lust hätte, ein Stück zu gehen, und winkte schon dem Kellner, bevor ich antworten konnte: »Wir gehen zu mir.«

Diesmal nahm ich seinen Arm und hakte mich unter, als wir draußen waren. Es schien ihn nicht zu stören. Ich achtete darauf, ihn noch nicht mit meiner Brust zu streifen, das hob ich mir für später auf. Ich hatte inzwischen begriffen, daß ich hier nichts übers Knie brechen konnte.

Und ich war durch das Erzählen in eine seltsame Stimmung geraten. Eine Art Ferienstimmung. Ich vergaß, mich zu inszenieren, genoß es, wie er mir schweigend und aufmerksam zuhörte, und genoß es, einzelne Sätze geschickt zu formulieren. Nur nebenbei dachte ich daran, daß ihn die Bilder, die ich ihm gab, anturnen würden, daß ihn mein ungeniertes Reden über Sex vielleicht scharf und hoffentlich leichtsinnig machte.

»Haben Sie sich gerächt an diesem Dieter?«

»Ich habe ihm, als er das nächste Mal in der Kneipe war, sein Bier gebracht und über den Kopf geschüttet. Mehr nicht. Nicht mal mein Geld verlangt.«

»Und ging's Ihnen besser danach?«

»Nein, ich war nur den Job los.«

Er kam nicht auf die schlimmsten Erlebnisse zurück, die ich erwähnt hatte, also erzählte ich ihm ein paar harmlosere Hurengeschichten auf dem Heimweg. Er interessierte sich für meine Gefühle, aber ich enttäuschte ihn jedesmal, indem ich ihm erklärte, ich hätte keine.

»Und Orgasmen?« fragte er einmal.

»Das ja«, sagte ich, »aber das ist keine große Sache.«

»Schwer, sich vorzustellen, daß Orgasmen für jemanden keine große Sache sein sollen.«

Wir waren angekommen. Ich ignorierte Josef, der an der Gartentür saß und mich begrüßen wollte. Ich war im Dienst. Die Ferienstimmung hatte abgenommen, je näher wir meiner Wohnung gekommen waren. Jetzt ging es wieder darum, einen Job zu erledigen. Ich lächelte, als Behrendt es nicht sehen konnte, weil er sich zu Josef hinuntergebeugt hatte, um ihn zu streicheln. Ich dachte Sätze, die nach Bruce Willis klangen. Einen Job erledigen.

Josef ließ sich unterm Kinn kraulen und sah mich dabei an, als wollte er sagen: »Der Typ ist netter als du, was ist los mit dir?« Ich ging zur Wohnungstür und schloß auf.

Er wollte keinen Champagner. Sympathisch. Ich holte eine Flasche Wein aus dem Büro und flüsterte meinen Kindern zu, sie sollten brav sein und mich nicht bei der Arbeit stören. Dann huschte ich wieder nach nebenan.

Er stand im großen Zimmer und sah sich um. Ich erschrak, weil mir klar wurde, daß ich ihn nicht hätte hierherbringen dürfen. Die Wohnung machte alles kaputt. Hier steht kein Buch, alles ist blitzblank, es ist steril wie aus einem Katalog. Ohne Seele. Aber ich brauchte ihn hier. Hier waren die Kameras.

»Zu ungemütlich?« fragte ich.

»Es ist sehr schön, aber ich hätte was ganz anderes erwartet. Eine Wohnung voller Bilder, Platten, bestimmt auch mit Büchern, ein bißchen Unordnung. Es paßt nicht zu der Vorstellung, die ich mir von Ihnen gemacht habe.«

»Es ist mein Arbeitsplatz.«

Er sah mich an. War verlegen. Fühlte sich sichtlich unwohl. Ich ließ ihn stehen und ging in die Küche, um zwei Gläser aus dem Schrank zu nehmen, die mir auf einmal viel zu bauchig und spießig vorkamen. Die waren für Männer gedacht, die den Geschmack ihren Frauen überließen, denen nichts golden oder pompös genug sein würde. Ich stellte die Gläser zurück und griff nach zwei Wassergläsern, aber die stellte ich auch wieder hin und entschloß mich, doch die bauchigen zu nehmen. Ich war eine Hure. Er brauchte nicht zu wissen, wie ich lebe. Diese ganze Erzählerei hatte mich durcheinandergebracht. Ich mußte mich zur Ordnung rufen. Es ging nicht darum, einen Freund zu finden oder von diesem Mann verstanden zu werden, es ging darum, auf Video zu kriegen, wie er mich fickt.

»Aber wir arbeiten jetzt nicht«, sagte er, immer noch verlegen und um Höflichkeit bemüht. »Ich bin hier ganz privat.«

»Das sind die anderen Herren auch«, sagte ich und konnte mir ein Grinsen nicht verkneifen, »und *wie* privat die hier sind.«

»Sie wissen aber, was ich meine.«

»Ja, ich weiß es. Sollte ein Witz sein. Meine Wohnung sieht übrigens in etwa so aus, wie Sie sie beschrieben.«

»Und warum sind wir nicht dort?«
»Das will ich nicht.«

Er fragte nicht weiter. Ich hatte wohl schroff geklungen. Auf jeden Fall so bestimmt, daß es sich erübrigte, noch weiter zu drängen. Er nahm mir die Flasche aus der Hand und setzte sich auf die Sessellehne, um sie zu entkorken. Ich stellte die Gläser auf den Tisch. Glastisch. Allerdings ohne Goldrand. Er sah sich wieder um.

»Es ist wirklich schön. Jetzt versteh ich auch, warum es so unpersönlich ist. Ihre Klientel hat Geschmack.«

»Geschmack kommt so selten vor wie saubere Fingernägel.«

Er sah unwillkürlich auf seine Fingernägel, dann auf mich, als ihm klar wurde, daß ich ihn veralberte. Er erwiderte mein Lächeln. Eigentlich hatte ich sagen wollen »... wie gewaschene Pimmel«, aber das war mir in letzter Sekunde zu mies vorgekommen, deshalb war ich abgebogen und hatte improvisiert.

»Das hab ich nur so dahingesagt. Ich weiß nicht, wie oft saubere Fingernägel vorkommen. Ich gehöre nicht zu den Frauen, die auf Hände schauen und daraus wer weiß was herauslesen.«

»Worauf schauen Sie dann?«

»Auf gar nichts. Man schaut *mich* an.«

Er hob sein Glas. Ich hob meins. Wir schwiegen.

Er blieb fast drei Stunden. Ich hatte das Gefühl, der Zeitpunkt sei noch nicht gekommen, und hielt meine Trickkiste geschlossen. Kein Wein auf seiner Hose, kein »Ich zieh mir was Leichteres an«, kein Ausschmücken der sexuellen Komponenten meiner Geschichten, ich ließ ihn einfach in Ruhe, und er fragte mich aus. Irgendwann machte es mich müde, wie eine Zeugin oder Informantin vor ihm zu sitzen und das Gefühl zu haben, er schreibt innerlich alles mit. Als ich gähnte, stand er auf und bat mich, ihm ein Taxi zu rufen.

Ich war erschöpft wie nach einem Marathonlauf. Und ich fühlte mich nebenan, in meinen eigenen vier Wänden, auf einmal unbehaust, als wäre ich von einer langen Reise zurückgekehrt. Ich schloß die Tür und versuchte, nicht über Tino zu stolpern, der sich wie immer quer vor mich gestellt hatte. Das ist seine Art der Begrüßung. Ich breche mir noch mal den Hals seinetwegen.

Nachdem ich mich bei Josef für mein Benehmen am frühen Abend entschuldigt und meine Runde gemacht hatte – jedes bekommt einen Kuß auf Kopf oder Rücken, das ist Tradition –, wollte ich nur noch ins Bett und einschlafen. Aber ich hatte ein bißchen zuviel getrunken. In diesem Zustand drohte mir eine Karussellfahrt, sobald ich die Augen geschlossen hätte. Das wollte ich nicht riskieren.

Ich setzte mich an den Computer, um die Videodateien von heute abend zu löschen. Die Kameras schalten sich selbständig ein, wenn eine Bewegung im Raum von den Sensoren aufgefangen wird. Dann sah ich nach meinen E-Mails. Post von Sinecure.

Das ist nicht Ihr Ernst. Geben Sie sich gefälligst ein bißchen Mühe. Ich möchte das Video. Keine Unterschrift.

Bin schon dabei. Schrieb ich zurück. Ebenfalls ohne Unterschrift.

5 Ich wachte mit Rückenschmerzen und schlechter Laune auf. Josef, der sonst immer alles eifersüchtig wegfaucht, hatte es zugelassen, daß Fee sich an ihm vorbeidrückte und an meine Knöchel schmiegte. Ich war in einer verkrampften S-Form eingeschlafen, immer wieder aufgewacht mit Gedanken wie, wo krieg ich jetzt ein Auto her, oder, wieso lasse ich mich auf diesen Typen ein, anstatt ihn zu erlegen und basta. Mir gefiel diese Verschwommenheit und Ungenauigkeit nicht, die ich hatte einreißen lassen. Normalerweise wird ein Kerl verführt, gefilmt und abserviert, damit kenne ich mich aus, damit lebe ich zufrieden, aber jetzt hatte ich Geschmack daran gefunden, zu erzählen, seine Aufmerksamkeit auf mich zu lenken, ich ruhte mich aus in den Augenblicken, anstatt sie professionell zu nutzen. Das war nicht in Ordnung. Das konnte nichts werden. Ich hätte meinem ersten Instinkt nachgeben, das Geld zurückschicken und den Kerl sausen lassen sollen.

Gegen elf kurvte ich mit dem kleinen Mietwagen vors Hotel. Es war nicht einfach gewesen, einen ohne Aufkleber im Fenster zu bekommen. Erst bei der dritten Firma hatte man mir diesen Honda angeboten. Ich verteilte ein paar Krümel von dem Croissant, dessen letzten Bissen ich gerade schluckte, auf dem Boden, steckte eine angebrochene Packung Tempotaschentücher in die Türablage und verteilte die restlichen mitgebrachten Dinge – ein Buch, zwei Zeitschriften, eine leere Plastiktüte und eine halbvolle Flasche Wasser – auf dem Rücksitz, im Handschuhfach und im Kofferraum. Hoffentlich sah er mir nicht aus dem Fenster zu. Ich hätte das alles vorher machen sollen.

Als ich ihm gegenüberstand, hatte ich meine schlechte Laune vergessen, aber jetzt schien *er* mir unaufgeräumt und unsicher. Vielleicht war das ein gutes Zeichen? Wenn er sich fragte, was tu ich hier, dann wäre ich ein Stück weiter.

Er sah das Auto und lächelte. »Sie erstaunen mich schon wieder«, sagte er und stieg ein.

»Wieso?«

»Ich habe einen Sportwagen erwartet oder mindestens ein Cabrio. Ich bin wohl klischeeverseucht.«

»Der Porsche ist in der Werkstatt.« Dumm, das erstbeste Hausfrauenauto zu nehmen und nicht eines, das zu meiner Legende als Callgirl paßt.

Er dirigierte uns nach Wilmersdorf, wo er mich an einer belebten Kreuzung bat, einen Parkplatz zu suchen. Das war nicht leicht. Wir mußten ein Stück zurückgehen, als ich den Wagen endlich in eine Lücke gequetscht hatte. Behrendt stand an der Kreuzung und schaute nach oben. »Hier spielt Ihr Buch?« fragte ich.

»Auch.« Er drehte sich um die eigene Achse, den Kopf in den Nacken gelegt und die Augen auf die oberen Stockwerke gerichtet.

»Und wovon handelt es?«

»Von zwei Menschen, die schon verloren sind, bevor sie sich aneinander verlieren.«

Bevor ich ihm antworten konnte, das klänge zwar schön, sage aber nichts, ging er mit zügigen Schritten zum Auto zurück. Ohne sich nach mir umzusehen, ohne mich in seinen Aufbruch einzubeziehen. War der unhöflich oder zerstreut? Hatte der mich vergessen? Von einem Augenblick zum andern? »Heh«, schrie ich und blieb demonstrativ stehen, »ich bin auch noch da!«

»Ja klar, was ist denn los?« Sein Blick war unsicher, aber seine Stimme klang wieder arrogant: »Vielleicht mach ich das doch lieber mit der U-Bahn oder dem Taxi.«

»Vergessen Sie einfach Ihre Manieren nicht, dann geht's schon«, sagte ich und schloß auf.

Mit diesem kleinen Ausbruch hatte ich uns die Stimmung bis Tegel versaut. Er schwieg, sah immer wieder aufmerksam aus dem Fenster und machte sich zweimal eine kleine Notiz. Als ich vor dem Flughafengebäude einbog, sagte er enttäuscht: »Scheiße, keine Brücke auf dem Kaiserdamm. Ich muß den Wagen an eine Hauswand knallen.«

»Diesen hier? Bitte nicht«, sagte ich.

»Im Buch«, sagte er. Seine Laune schien sich gebessert zu haben, denn er sah mich mal wieder an. Sogar ein kleines Lächeln spendierte er mir.

Wir fuhren ein paar Stunden in der Stadt herum, durch Wandlitz, Mitte, Zehlendorf, und er fragte mich wieder über mein Hurendasein aus. Ich wunderte mich, wie gut die vielen Lügen zu dem bißchen Wahrheit paßten, das ich immer mal wieder einflocht, und wie wenig Anstrengung es mich kostete, das alles aus dem Stegreif zu erfinden. Ich amüsierte und schockierte ihn in wohldosierten Häppchen, und manchmal sah ich auch mit einem Seitenblick sein Erschrecken, wenn mir eine allzu kaltschnäuzige Formulierung rausgerutscht war. Aber in dieses Erschrecken mischte sich immer auch Interesse. Er war dann wacher, hellhöriger, fast wie ein Psychologe, der die schmerzhaften Stellen sucht und findet und gerade dort mit einer Frage einhakt, wo man sich mit abgebrühtem Getue davor schützen will.

Und dann klingelte sein Handy. Wir fuhren gerade die Oranienburger runter und am Tacheles vorbei, er fummelte das Telefon aus der Tasche und machte eine entschuldigende Geste zu mir, dann nahm er an, meldete sich, und seine Stimme wurde weich. Er sprach auf einmal tiefer und leiser, in einem Ton, daß ich dachte, er hat eine kleine Tochter dran. Aber ich wußte, daß er keine Kinder hat. Es war seine Frau.

Ich mußte danach so einsilbig gewesen sein, daß er nach kurzer Zeit sagte: »Brechen wir die Tour für heute ab« und mich bat, ihn zum Hotel zu bringen. Das war mir recht. Ich war nicht mehr bei der Sache. Als er ausstieg, blieb ich sitzen. Er beugte sich zu mir in den Wagen und sagte: »Ich wollte Ihnen nichts antun. Wenn ich was falsch gemacht habe, tut's mir leid. Aber ich weiß nicht, was. Glauben Sie mir das?«

»Es ist nichts los. Ich bin nur müde«, sagte ich und hörte selbst, wie verlogen das klang. Als wollte ich ihn zappeln lassen.

Er war schon dabei, die Autotür zu schließen, da fiel ihm noch was ein: »Sollen wir uns heut abend noch betrinken?«

»Ich glaube nicht«, sagte ich und gab mir Mühe, einen aufrichtigen Ton anzuschlagen. Ich wollte nur klingen wie eine Frau, die müde ist, nicht wie eine, die ihre Müdigkeit als Leiden und dieses Leiden als Folge seiner Schlechtigkeit hinstellt. Ich weiß nicht, ob es mir gelang.

»Soll ich Sie morgen anrufen oder in Ruhe lassen?« fragte er noch, bevor er endgültig die Tür schloß, weil ich zu lange zum Nachdenken über diese Frage brauchte.

Sobald die Tür zugefallen war, löste ich meinen Gurt, stieg aus und rief ihm übers Autodach hinterher: »Rufen Sie an. Ab zehn bin ich fit.«

Er winkte, ohne sich umzudrehen, und ging hinein. Ich fuhr viel zu schnell los und verfehlte einen empörten Fiat-Fahrer nur knapp beim Einfädeln in den fließenden Verkehr.

6   Der Mann liebt seine Frau. Er braucht nur ihre Stimme am Telefon zu hören, schon ist er ganz bei ihr. Sein Ton ist zärtlich und gelassen, er blendet seine Umgebung aus und macht sich Gedanken darüber, wie sie irgendein Formular ausfüllen soll. Wieso kann die das nicht alleine? Diese Frau, die sich mir gegenüber so cool und überlegen gab, tut sich schwer, eine Zahl auf einen Zettel zu schreiben?

Bis ich zu Hause ankam, hatte ich noch zweimal fast einen Unfall verursacht, aber erst als ich ausstieg und die Tür so vehement zuschlug, daß das Auto wackelte, wurde mir klar: Ich war wütend bis kurz vor der Starre. Ich faßte das Gartentor extra vorsichtig an und ging nicht in mein Büro, sondern erst mal, um mich zu beruhigen, in die Wohnung. Ich wollte meine Schätze nicht dafür büßen lassen, daß diese Frau ein so mieses Spiel mit ihrem Mann trieb.

Ich ließ die Jalousien runter – elektrisch, per Knopfdruck –, zog mich aus und machte nackt alle Yogaübungen, die ich kannte.

Und war noch immer wütend.

Sie spielt die Schutzbedürftige. Das kleine Mädchen. Dabei ist sie eine klare, entschiedene Person, die sich sehr wohl zu helfen weiß. Sie kann eine Hure engagieren, sich mit dieser Hure sogar angeregt unterhalten, nur um ihn von dem Sockel zu stoßen, auf den sie ihn womöglich selbst gestellt hat. Von dem er vielleicht sogar ganz gern mal heruntersteige, wenn sie ihn nicht als immer starken und immer sicheren Allesregler bräuchte. Sie nimmt ihm heimlich übel, daß er den Souveränen gibt. Und belästigt ihn wegen eines lächerlichen Formulars.

In Wirklichkeit wollte sie wohl an seiner Stimme hören, ob ich ihn schon erwischt habe. Das hab ich nicht. Nicht im geringsten. Er sagte zwar nichts von mir, seine Worte waren: »Ich bin unterwegs und fahr die Schauplätze ab«, nicht: »Wir sind unterwegs, eine attraktive Frau und ich«, aber er hatte mich ausgeblendet. Ich war nicht da. Das Auto fuhr alleine.

Normalerweise hat man mit einer Erektion zu kämpfen, wenn ich in der Nähe bin, man blendet mich nicht aus. Aber dieser Mann hatte mich einfach vergessen.

Einen Moment überlegte ich, ob ich wütend auf *ihn* war, aber das war ich nicht. Ich war angerührt und eingenommen von seiner Wärme, seiner Konzentration, dieser leisen, tiefen Stimme, die er für seine Frau hatte. Die Frau, die ihn belog, hinterging und unter einem Vorwand aushorchte. Was für ein Ungeheuer. Ich haßte sie. Und ich wollte diese Stimme auch einmal hören. Nicht als Zaungast. Auf *mich* bezogen. Er sollte mit *mir* so sprechen.

Ich ließ mir ein Bad ein.

✧

Bis die Wanne voll war, stand ich vor dem Spiegel. Mir ist schon klar, warum sie auf mich fliegen. Ich habe von fast allem ein bißchen zuviel. Der Busen ein bißchen zu groß, die Taille ein bißchen zu schmal, die Hüften ein bißchen zu breit, der Hintern ein bißchen zu ausladend – nur die Beine sind, leider, nicht zu lang. Das hätte ich früher gern gehabt. Heute ist es mir egal. Es ist wohl der Schönheitsfehler, den man braucht, um nicht abstrakt und ausgedacht wie ein Model zu wirken, sondern leibhaftig, wie ein menschliches Wesen. Meine Nase ist normal, meine Augen sind zu schmal, die Lippen zu breit, und das Haar ist zu voll. Selbst meine Augenbrauen wären dicht wie bei den Griechen, würde ich sie nicht zupfen, und mein Schamhaar ein Urwald, hätte ich es nicht auf einen Strich reduziert. Seit ich sechzehn bin übrigens. Nicht erst, seit es Mode ist.

Jetzt bin ich vierunddreißig – noch drei, vier Jahre gebe ich mir. Dann werden sie anfangen, mich zu übersehen, und ich kann in Rente gehen. Ich fürchte diesen Tag nicht. Ich freu mich auf ihn. Ich stelle mir vor, dann erlöst zu sein von dem Blubbern, der Klebrigkeit, dem Pilzgeruch, den Augen, die über mich verfügen, den Fingern, die flattern vor lauter Gier, mich zu befummeln, den Schwänzen, die unbedingt in mich hineingestoßen werden sollen. Ich werde ein gutes Leben haben. Vielleicht reisen, wenn jemand meine Familie gut versorgt, vielleicht wandern, lesen, wieder Gedichte schreiben oder fotografieren, auf jeden Fall ausgiebig in der Sonne liegen, Wärme auf meiner Haut spüren und zufrieden sein wie eine Katze. Das ist mein Ziel.

Auf keinen Fall werde ich eine alternde Hure sein, die mit dem Preis runtergeht und noch den miesesten Kerl bedient, nur um das Geld für Tütensuppen und Schnaps ranzuschaffen. Ich werde meine Schäfchen im trockenen haben. Vielleicht hätte ich dann gern eine Freundin.

Das Wasser ging fast bis zum Rand – ich hatte zuviel eingelassen. Ich kenne mich hier nicht aus – es war erst das dritte Mal, daß ich hier ein Bad nahm. Und das erste Mal privat. Letztes Jahr war ich hier mit einem Journalisten, den ich bei der Grünen Woche unter Kühen, Schweinen und Hühnern aufgabeln mußte, und davor mit einem Orchestermusiker, einem Geiger, den ich als ehrgeizigen Liebhaber eingeschätzt hatte, der sich dann aber als tumbes Karnickel erwies. Es tat weh, es war lächerlich, das ganze Bad war hinterher naß, und ich hatte nicht mal vernünftige Bilder davon. Zum Glück begnügte sich die Frau mit dem Anblick seines hüpfenden Hinterns und dem Klang seiner gegrunzten Lustbezeugungen.

Die Katzen nahmen kaum Notiz von mir, als ich im Bademantel, die Kleider überm Arm, nach Hause kam und mich vor den Computer setzte, um die Aufnahme aus der Wohnung zu löschen. Mich selbst beim Yoga und in der Badewanne brauchte ich nicht zu archivieren. Ich klickte auf die Datei und sah mir ein Weilchen beim

Wütendsein zu. Vom Yoga waren nur schemenhaft verwischte Bewegungen erkennbar, aber im Badezimmer hatte ich Licht gemacht und sah mich klar und deutlich mit einer ausgeprägten Stirnfalte vor dem Spiegel. Dieser Spiegel war durchsichtig und die Kamera dahinter in die Wand versenkt. Ich hatte sie nach dem Fiasko mit dem Geiger für viel Geld einbauen lassen.

Die Ärgerfalte auf meiner Stirn brachte mich wieder zu der Frau zurück. Wie hatte mir diese eiskalte Ziege nur gefallen können? Ich hätte ihr mein Herz ausgeschüttet, wenn sie länger geblieben wäre. Mir wurde auf einmal klar, daß ich keine Menschenkenntnis besitze. Zumindest nicht bei Frauen. Wer sich aufs Manipulieren versteht, kann mich noch immer um den Finger wickeln. Ich scheine nichts gelernt zu haben. Axel Behrendt tat mir leid. Dieser treuherzige Dummkopf vergötterte eine Frau, die nichts Besseres zu tun hatte, als ihn vor sich selbst zu blamieren. Ich würde ihm was Gutes tun, wenn ich ihn verführte. Ich könnte ihm die Augen öffnen über seine verlogene Gattin. Ich brauchte ihm nur das Video und ihre E-Mails zu geben. Dann wüßte er Bescheid.

7 Ich belog mich selbst. Seine Indifferenz mir gegenüber und seine Hingabe ihr gegenüber hatten in mir einen Ehrgeiz geweckt, der an Geilheit grenzte. Ich wollte diesen Mann. Und ich würde mich nicht dafür schämen, weil für ihn etwas Wertvolles dabei herausspränge: Klarheit über die Frau, die seine Liebe nicht wert war, und eine unvergeßliche Liebesnacht. Ich krieg ihn, sagte ich mir halblaut vor, und wenn es nur ist, um diese Tussi zu erschüttern.

Pünktlich um zehn rief er an und wollte auf den Fernsehturm am Alex. Wie jeder stinknormale Tourist. Als nächstes gehen wir zum Brandenburger Tor und dann in den Zoo, dachte ich, aber es war mir recht. Den Turm kannte ich noch nicht, und ich würde ihn überallhin begleiten. Ich war im Dienst.

Direkt beim Einsteigen, noch bevor er die Tür geschlossen hatte, fing er zu reden an: »Ich habe gestern abend nachgedacht über etwas, das Sie sagten. Es war ein

Satz, der mir auf einmal nicht mehr aus dem Kopf ging. Nachdem Sie mir die Geschichte über diesen Akt vor Publikum erzählt hatten, sagten Sie: ›Es erinnerte mich an gleich zwei meiner schlimmsten Erlebnisse.‹ Würden Sie mir das erzählen? Diese schlimmsten Erlebnisse?«

»Wozu?« fragte ich. »Wollen Sie's aufschreiben?«

»Weiß ich nicht. Vielleicht. Ich würde sie gern hören jedenfalls.«

»Muß nachdenken«, sagte ich, und er ließ mir Zeit, bis wir am Alex parkten und ausstiegen.

8 In Stefanies Haus gab es einen Partykeller. Der war von den Vorbesitzern eingerichtet worden, mit Nut- und Federbrettern an den Wänden, einer Theke und einem großen Spiegel. Stefanies Eltern wußten nichts damit anzufangen und überließen den Raum ihrer Tochter. Der Spiegel hatte es ihr angetan. Sie übte davor fürs Ballett. Dafür hatte sie den alten Plattenspieler ihrer Eltern nach unten geschleppt und mit mir zusammen Poster aufgehängt. Ein paar Pferde- und Toulouse-Lautrec-Bilder waren darunter, aber die meisten zeigten Popgruppen und Musiker. A-Ha und Kajagoogoo, Howard Jones und Cyndi Lauper, Nena, Spliff und die Münchner Freiheit. Wir waren beide in Limahl von Kajagoogoo verliebt. Roman sah ein bißchen aus wie Limahl.

Stefanie hatte irgendwann angefangen, die Tür abzuschließen, und ihre Eltern hatten sich angewöhnt, diesen Raum nicht zu betreten. Er wurde unser Refugium. Wir spielten nicht mehr mit den Barbies, sondern lasen die Bravo und beschäftigten uns mit endlosen Spekulationen über Jungs und Sex und mit Zukunftsplänen.

Wir übten das Küssen miteinander, das, was man damals noch »Petting« nannte, und wenn wir davon genug hatten, schminkten wir uns oder tanzten vor dem Spiegel und kontrollierten unsere Bewegungen, um bei den Partys, zu denen wir hoffentlich bald eingeladen würden, gut auszusehen.

Eines Nachmittags zog Stefanie mit verschwörerischem Gesicht eine Karotte und ein Kartoffelschälmesser unter der Theke hervor und sagte: »Ich geh nicht als Jungfrau mit Gernot ins Bett.« In Gernot war sie zu dieser Zeit verliebt.

Ich glaube, ich schaute sie fassungslos an, denn sie schnitt mir eine Grimasse und begann die Karotte zu schälen. Mir wurde mulmig. Ich hatte so ein Flattern und Ziehen im Unterleib. Ich stellte mir vor, jemand würde das Ding in mich reinstoßen. Das würde weh tun. Hatten wir in der Bravo gelesen. »Willst du dich damit entjungfern?« fragte ich, und meine Stimme klang klein und kläglich.

»Du sollst es machen«, sagte Stefanie.

»Das mach ich nicht. Das tut doch weh.« Ich hielt mir die Hand vor den Mund. Ich hatte fast geschrien. Jedenfalls war es viel zu laut herausgekommen.

»Deshalb sollst es ja du machen. Ich bin zu feige. Ich hab's schon versucht, aber ich trau mich nicht. Es geht ein Stückchen weit rein, und dann ist Schluß. Wenn du's für mich machst, mach ich's auch für dich.«

»Nein. Ich kann dir doch nicht weh tun.« Mir war zum Heulen zumute. Was sie da wollte, war unmöglich.

»Ist doch nur ganz kurz. Bitte.« Sie sah mich so lieb und zärtlich an, wie es ihre Art war, wenn sie was von mir wollte. Ich schüttelte den Kopf und wäre am liebsten weggelaufen. Das war mir alles unheimlich. Das war nicht mehr das spielerische Ausprobieren wie bisher. Das war auf einmal Ernst.

Sie hatte jetzt die glattgeschälte Karotte im Mund und leckte sie ab. Dann zog sie sich das Höschen aus und setzte sich, den Unterleib nach vorn geschoben und das Kleid hochgezogen, auf einen der beiden Stühle. Sie öffnete ihre Beine und hielt mir, als sei ich ein Esel, den man damit locken kann, das leuchtend orangefarbene Ding vor die Nase. »Bitte. Du bist meine Freundin. Du mußt das für mich tun.«

Ich blieb erstarrt an der Theke lehnen und rührte mich keinen Millimeter vom Fleck. Inzwischen suchte sich Stefanie mit den Fingern ab, und als sie den Eingang gefunden hatte, steckte sie das Gemüse ein Stückchen weit in sich rein. Ihr Blick war konzentriert und entrückt. Und ich glaube, er war auch siegessicher. Bisher hatte sie von mir noch immer bekommen, was sie wollte. Sie wußte, daß sie sich durchsetzen würde. Das war unser ungeschriebener Vertrag. Die Zofe tut, was die Herrin befiehlt.

»Komm schon«, sagte sie leise vor lauter Konzentration auf den Schmerz, der ihr gleich zugefügt werden sollte, »nur einmal fest schieben. Ist gleich vorbei.«

Ich stand starr.

»Ich will das aber!« Jetzt klang sie trotzig wie ein kleines Kind.

»Ich kann es halten, und du setzt dich drauf«, sagte ich, »aber ich kann das nicht in dich reinhauen. Das schaff ich nicht.«

»Okay, dann versuchen wir das.«

Ich löste mich aus meiner Starre, aber meine Knie waren weich, als ich die drei Schritte zu ihrem Stuhl ging. Sie war schon aufgestanden, begierig, endlich ihre Jungfräulichkeit zu verlieren, und hatte sich rittlings über den Stuhl gestellt.

Ich machte eine Faust um die Karotte und legte sie auf die Sitzfläche. Die Spitze zeigte nach oben. Direkt auf Stefanies Scheide, wie es damals in der Bravo immer hieß. Wir nannten es auch so. Alle eigenen Wörter dafür waren entweder kindisch und unser nicht mehr würdig oder schmutzig und für Jungs reserviert. Sie ließ sich langsam herab. Sie hatte die Stuhllehne vor sich und hielt sich mit beiden Händen daran fest. Als die Karotte ein Stückchen weit in ihr verschwunden war, sagte sie: »Drück mich runter.«

»Nein.«

Sie hielt ganz still, und ich glaubte schon, sie würde endlich aufhören mit dem gräßlichen Spiel, aber dann machte sie einen kleinen Hüpfer, nahm quasi Anlauf, und dann spürte ich ihre Haut an meiner Faust und hörte im selben Moment ihren Schrei. Der Schrei war leise, sie hatte vorsorglich eine Hand vor den Mund gepreßt. Jetzt hob sie sich ganz langsam und vorsichtig hoch, stieg, als die Karotte wieder an der frischen Luft war, mit dem linken Bein über meinen immer noch auf der Sitzfläche liegenden Unterarm und grinste von Ohr zu Ohr, während ihr gleichzeitig Tränen übers Gesicht liefen. »Hat nicht weh getan«, sagte sie triumphierend, »der Schreck war alles. Es hat irgendwie so geknackt.«

Ich ließ die Karotte los und zog meine Hand weg, als könnte das Ding explodieren. Stefanie faßte mich an den Schultern, rüttelte und küßte mich überschwenglich, umarmte mich und tanzte ein paar Schritte mit mir durch den Raum. »Danke«, sang sie fast. Mir war schlecht.

Sie bot mir an, das gleiche bei mir zu machen, aber ich lehnte ab. Und tat es dann doch, zu Hause, alleine, genau wie sie es vorgemacht hatte, mit Schälen und in den Mund nehmen und Stuhl. Es tat sehr weh. Sie hatte entweder gelogen, oder mein Häutchen war viel stärker gewesen.

Unser Kichern, Stupsen und Unter-dem-Tisch-einander-ans-Schienbein-Treten beim Anblick von Karotten, Gurken oder Zucchini hatte von da an eine andere Qualität. Wir wußten Bescheid. Irgendwann flüsterte mir Stefanie zu: »Man schiebt sich das auch hinten rein.« Ich schüttelte entgeistert und abgestoßen den Kopf. Das war unmöglich. Und ekelhaft. Das hatte sie sich ausgedacht, um mich zu schockieren.

Das Turmrestaurant hatte sich zum zweitenmal um die eigene Achse gedreht. Behrendt sah nach unten auf die Kirche und mußte den Kopf drehen, weil sie schon wieder verschwand. Er war ein charismatischer Zuhörer.

Das hatte er mit seiner Frau gemein. Ich vergaß alles und redete wie aufgezogen. Und es gefiel mir.

»Das ist eine rührende Geschichte«, sagte er, ohne mich dabei anzusehen, »bis jetzt ist sie noch nicht schrecklich, oder?«

»Es ist der Anfang«, sagte ich. Das war gelogen. Ich hatte das alles aus dem Ärmel geschüttelt, denn ich wollte ihm eine möglichst erregende Szene vor Augen führen. Zwei Teenager, die sich mit einer Karotte entjungfern, das sollte ihn doch anspitzen. Und er mußte sich mich vorstellen, während ich redete. Mich mit fünfzehn, nackt und mit obszönen Dingen beschäftigt.

Wir hatten es zwar tatsächlich mit Karotten getan, Stefanie und ich, aber jede für sich, schamhaft, alleine im Bad, und uns hinterher dann staunend über den eigenen Mut Bericht erstattet.

»Erzählen Sie mir weiter?« Jetzt sah er mich an. »Den schlimmen Teil?«

9 Stefanie und ich zupften inzwischen unsere Augenbrauen, rasierten uns die Beine und Achselhöhlen und feierten euphorisch Momente wie den Kauf neuer BHs, wenn sich eine Körbchengröße endlich als zu klein erwies. Und waren nach außen hin weiter die braven und fleißigen Mädchen.

Diesen wohlerzogenen Mädchen konnte man den debilen Bruder anvertrauen, der in einer kirchlichen Einrichtung untergebracht war und nur alle paar Wochen von seinen Eltern nach Hause geholt wurde.

Eines Abends rief Stefanie mich an und bat mich, zu ihr zu kommen. Ich gab den Hörer an meine Mutter weiter, die auch zu den Menschen gehörte, die Stefanie nichts abschlagen konnten, und durfte gehen. Stefanies Eltern mußten zu einem kurzfristig verlegten Essen des Verbands, und sie wollte nicht allein auf ihren Bruder aufpassen.

Markus war inzwischen achtzehn und saß in seinem Rollstuhl vor dem Fernseher. Er schien uns überhaupt nicht wahrzunehmen. Er muhte leise vor sich hin, manchmal klang es auch, als ob er lachte, und immer wieder wanderten seine Augen zum Fernseher, in dem die Hitparade lief.

Wir waren ganz in die Sendung vertieft, wir warteten auf Nena, für die wir schwärmten, da quietschte Stefanie plötzlich laut auf und schrie: »Der wichst. Guck mal, der wichst!«

Tatsächlich hatte es Markus irgendwie mit seinen fahrigen Händen geschafft, die Trainingshose herunterzuziehen, und war fleißig und stumm dabei, sich zu befriedigen. Wir waren fasziniert. Ein echter Penis. Ein echter Junge. Wir knieten uns rechts und links von ihm hin und starrten auf das Schauspiel. Stefanie sagte: »Das ist *die* Gelegenheit.«

»Zu was?« fragte ich. Wie immer stand ich auf der Leitung, obwohl ich mir doch hätte denken können, was sie vorhatte.

»Es mit einem Jungen zu machen. Du Blödiane. Wir können üben. Das ist einmalig.« Sie starrte mir in die Augen. Es ging wieder mal darum, die feige Freundin anzustacheln. »Du machst es mit ihm«, sagte sie bestimmt.

»Nein«, sagte ich wie immer, das war vielleicht mein Lieblingswort inzwischen, »das geht doch nicht.« Aber ich war hingerissen von der Vorstellung, es einfach ausprobieren zu können, ohne mich zu blamieren, ohne daß mich jemand verspotten konnte, ohne daß ich Angst haben mußte, dem Jungen nicht zu genügen. Ich war aufgeregt. Und ich starrte wieder auf die hektische Hand, die sich auf und ab bewegte und eine blinkende Eichel zeigte und verdeckte. Und zeigte und verdeckte.

»Dann ich zuerst.« Stefanie zog sich in Windeseile aus und stellte sich vor ihren Bruder. Der gab jetzt Laute von sich, die wir als Freudentöne interpretierten, und versuchte, die Hand auf eine von Stefanies Brüsten zu legen. Es klappte nicht. Er hatte die Hand nicht unter Kontrolle. Sie blieb nicht dort, wo er sie haben wollte.

Stefanie kletterte auf den Rollstuhl, Gesicht und Bauch ihm zugewandt, wobei ich ihr helfen mußte, damit sie ihr zweites Bein über die Lehne bekam. Dann setzte sie sich langsam auf den zappeligen Penis. Da Markus aber nicht aufhörte mit seiner Hand, sagte Stefanie zu mir: »Halt ihn fest, bis er drin ist.« Ich tat es. Ich hielt Markus' Hand fest, zog sie zur Seite, hielt dann seinen Penis fest, wie vor nicht allzu langer Zeit die Karotte, und Stefanie senkte ihren Hintern drauf. Und bewegte ihn auf und ab. Sie nahm seine Hand und preßte sie an ihre Brust, während sie sich mit der anderen Hand an der Rückenlehne des Rollstuhls festhielt. »Mach den Rollladen runter«, keuchte sie, und ich rannte, um den Befehl auszuführen. Wenn jetzt jemand im Garten stünde, wären wir erledigt. Und wenn ihre Eltern zu früh nach Hause kämen! Undenkbar.

Stefanie hatte wohl genug probiert, sie keuchte, ob vor Anstrengung oder Lust, konnte ich nicht sagen, dann hüpfte sie hoch und stieß sich nach hinten ab. Sie landete nicht auf den Füßen, sondern auf Markus' Knien, und in ebendiesem Moment spritzte es aus seinem Penis. Dreimal, viermal, zuerst in hohem Bogen, dann in kleineren Fontänen. Sie hatte Sperma im Gesicht, auf den Brüsten und am Bauch. Zuerst schien es, als ekle sie sich, aber dann lachte sie, stand auf und wischte sich mit ihrem Unterhemd ab. »Jetzt du«, sagte sie.

Ich gehorchte. Zuerst nahmen wir das Unterhemd, um auch ihn abzuwischen, dann zog ich mich aus und setzte mich auf dieselbe Art wie Stefanie über ihren Bruder, der schon wieder mit seiner Hand zugange und kein bißchen erschlafft war. Stefanie half mir genauso wie ich ihr vorher, nur daß sie ihre Hand noch eine Weile daließ, als ich mich schon auf und ab bewegte.

Ich weiß ehrlich gesagt nicht mehr, wie sich das Ganze anfühlte. Ich glaube, ich spürte nichts, außer der ungeheuren Aufregung, etwas Verbotenes und wahnsinnig Gefährliches zu tun, und einem Kitzeln an den Oberschenkeln und Pobacken immer dann, wenn sie das Metall der Rollstuhllehnen oder die glühendheiße Haut von Markus berührten. Ich hörte auch nach einer Weile auf, gab mir aber Mühe, richtig abzuspringen. Dabei fiel ich auf den Hintern und tat mir weh.

»Jetzt nehm ich ihn in den Mund, das muß man auch können«, sagte Stefanie. Ihr Blick war fanatisch, wie irr, sie schien nichts mehr wahrzunehmen, außer diesem Experiment, von dem sie sich so viel Übung erhoffte, daß sie später nichts mehr falsch machen würde. Sie tat es. Der Penis verschwand in ihrem Mund, während sie den Kopf hob und senkte.

Ich weiß nicht, wie lange wir noch weitergemacht hätten mit diesem hektischen und atemlosen Geturne, wenn Markus nicht plötzlich die Augen nach oben verdreht hätte, so daß nur noch das Weiße zu sehen war, und einen aus der tiefsten Hölle oder von irgendwoher sonst, wo es grauenhaft sein mußte, kommenden Klagelaut ausgestoßen hätte, der uns zur Besinnung brachte. Über sein Gesicht liefen Tränen. Und die Geräusche aus seinem Mund waren einfach fürchterlich. Er heulte wie ein krankes Tier, eines, das wir nicht kannten, und seine Hände hingen schlaff über die Lehnen des Rollstuhls herab.

Betreten, ohne einander anzusehen, zogen wir zuerst ihm die Hose hoch, wischten seinen Mund mit einem sauberen Zipfel von Stefanies Unterhemd ab und zogen uns dann selbst schnell und schweigend an. Nena hatte gewonnen und trat eben zum zweitenmal auf.

Bis Stefanies Eltern nach Hause kamen, schwiegen wir und vermieden es, uns anzusehen. Markus weinte noch immer, warf den Kopf hin und her und gab diese schrecklichen, todunglücklichen Laute von sich. »Was hat er denn?« fragte die Mutter, und wir zuckten die Schultern. »Keine Ahnung, Mama«, sagte Stefanie leichthin. »Er hat ferngesehen und irgendwann damit angefangen.«

Markus bekam eine Spritze und wurde ins Bett gebracht, noch immer heulend und durchgedreht, und ich ging nach Hause. Und von diesem Tag an sprachen Stefanie und ich kein Wort mehr miteinander. Unsere Freundschaft hatte sich in nichts aufgelöst.

✧

Wir waren allein im Fahrstuhl. Behrendt hatte schweigend bezahlt, nachdem er schweigend den Kellner herangewinkt hatte, und wir waren schweigend aufgebrochen. Ich glaube, wir waren schon fast unten angekommen, als er fragte: »Weinen Sie?«

»Könnte sein«, sagte ich. »Keine schöne Erinnerung. Ich schäme mich immer noch.«

»Aber Sie haben diesem Jungen doch einen Gefallen getan. Auch wenn er vielleicht durcheinander war deswegen.«

»Wir haben ihn vergewaltigt«, sagte ich. Der Fahrstuhl hielt, und die Tür ging auf. »Nichts weiter. Nur das. Es war widerlich. Das Gemeinste, was ich je getan habe.«

Wir waren schon fast wieder beim Auto, als er sagte: »Seine Tränen waren Freudentränen.«

»Das hab ich später immer wieder gehofft und mir einzureden versucht, aber das waren keine Freudentränen. Er war verzweifelt. Wir hätten beide schwanger werden müssen. Das wär eine gerechte Strafe gewesen. Wir haben ihn benutzt wie ein Ding.«

»Und Sie haben nie mit Ihrer Freundin darüber geredet? Auch später nicht? Nach Jahren vielleicht?«

»Nie.«

Ich fuhr los, ohne daß er mir ein Ziel gesagt hätte. Er schwieg. Ich fuhr einfach der Nase nach, blieb auf den großen Straßen und ließ uns mit dem Verkehr treiben. »Ich würde Sie gern trösten«, sagte er irgendwann.

»Ich will schwimmen«, sagte ich, »oder wenigstens auf Wasser schauen.«

»Schauen wir auf Wasser. Sie bestimmen, wo.«

10 Ich fuhr uns zu einem See, den ich aus meiner Studentenzeit kenne und seither hin und wieder besuche, wenn ich von meiner katzenhaften Zukunft träumen will. Dort liegen die Leute nackt am Ufer. Das brauchte ich jetzt.

Ich hatte mich wieder im Griff und war in der Lage, an das Wichtigste zu denken. Seine Verführung. Ich hoffte, die beiden wißbegierigen Mädchen, die ich vor seinem inneren Auge hatte entstehen lassen, waren nicht ohne Wirkung auf seinen Hormonspiegel gewesen. Wenn ich ihn jetzt noch ganz nebenbei meinen Körper sehen ließ, dann sollte einem Nachmittag bei mir und einem gehaltvollen Video nichts mehr im Wege stehen. Einen Versuch zumindest war es wert.

Es war ein sonniger Tag, und wir gingen an einer schier endlosen Reihe von Autos vorbei. Das Ufer war voll. Wir mußten eine Zeitlang suchen, bis wir einen Platz für uns fanden.

Ich breitete die Decke aus, die ich am Morgen vorsorglich in den Kofferraum gelegt hatte, und zog mich aus. Er setzte sich neben die Decke und sah auf den See.

»Ziehen Sie sich nicht aus?«

»Nein. Ich schau nur aufs Wasser.«

»Ist es Ihnen recht, daß ich mich ausziehe?«

»Wie könnte ich daran was auszusetzen haben.«

Galant. Ich legte mich hin und schloß die Augen. Ich hörte ihn mit irgendwas rascheln, dann das Klicken seines Feuerzeugs und den ersten tiefen Zug an einer Zigarette. Er rauchte ziemlich viel. Nur im Auto ließ er es bleiben, aber sobald er ausgestiegen war, ging seine Hand wie automatisch zur Hosentasche und förderte Zigaretten und Feuerzeug zutage.

»Hat man Ihnen schon mal gesagt, daß Rauchen ungesund ist?« fragte ich, ohne die Augen zu öffnen.

Er brummte nur. Ein abfälliges Brummen.

»Wie bitte?«

»Das ist kein Gesprächsstoff.«

»Arrogant.«

»Nein, ich bin nicht arrogant«, sagte er, und ich hörte so was wie Amüsement in seiner Stimme, »eher gelangweilt.«

»Uaaah«, jetzt mußte ich die Augen öffnen und ihn ansehen, »superarrogant. Jetzt geben Sie den Oscar Wilde. Und ich bin die Spießerin.«

Er lächelte. »Stimmt.«

Ich schloß die Augen wieder.

»Danke«, sagte er.

»Wofür?«

»Daß Sie die Augen schließen. So kann ich Sie ansehen, ohne Sie zu belästigen. Übrigens sehen alle Sie an. Keiner läßt sich was anmerken, aber jeder schaut ganz beiläufig in unsere Richtung. Ich komme mir vor wie der beneidete Besitzer einer begehrten Trophäe.«

»Und was ist das für ein Gefühl?«

»Hat was.«

»Und was sehen Sie?«

»Eine verblüffend schöne Frau. Das wissen Sie doch, oder?«

»Man will es trotzdem hören. Noch mal, bitte.«

»Sie sind außergewöhnlich schön.«

»Danke.«

Ich hielt die Augen geschlossen und ließ ihn schweigen und schauen, wohin er wollte. Er würde sich schon nicht allzusehr mit dem See oder anderen Leuten aufhalten. Ein seltsames wohliges Gefühl machte sich in mir breit. Ich genoß den Gedanken, daß er mich ansah. Das war neu. Ich hatte bisher immer nur so was wie die Zufriedenheit eines Handwerkers gespürt darüber, daß sein Werkzeug funktioniert, wenn mich Männer ansahen. Jetzt war es so was wie Freude. Seine Blicke kamen an. Auf meiner Haut, in meinem Kopf, in meinem Bauch, wo auch immer. Ich nahm sie an wie ein Geschenk. Ich zog diesen Zustand hinaus, solang ich konnte. Ich öffnete die Augen erst nach Minuten. Er sah auf den See. Ich richtete mich auf.

»Sie sind eine angenehme Gesellschaft«, sagte er, ohne sich zu mir umzudrehen.

»Danke.« Ich hatte mir das Intermezzo nach einem seiner Bücher ausgedacht. Dort gab es eine Szene, die dieser hier ähnelte. Es schien zu klappen. Mir fiel ein, daß ich meine Nacktheit rechtfertigen sollte, also ging ich schwimmen. Es war zu kalt, aber ich ging eisern hinein und erlaubte mir kein Zaudern oder Frösteln.

Es war sogar widerlich kalt. Aber ich schwamm ein paar Minuten, weil ich dadurch erstens einen Grund hatte, gleich nachher zu mir zu fahren und zu duschen – das ersparte mir die Getränk-auf-Kleider-Variante, und meine Brustwarzen würden hart sein, wenn ich aus dem Wasser kam. Das mußte er bemerken.

Und er bemerkte es. Zwar sah er höflich zur Seite, als er glaubte, ich wende mich ihm zu, aber ich hatte schon längst vorher die Richtung seines Blicks gescannt. Noch als mein Nabel unter Wasser war. Und alle anderen glotzten ebenfalls. Ganz und gar nicht beiläufig. Er starrte einen nach dem anderen an, bis sie die Augen senkten. Er beschützte mich. Und wollte vielleicht auch sein Vorrecht auf den Hauptgewinn demonstrieren. Nett.

»Was meinen Sie«, sagte ich, »ob jemand für mich die Lichter seines Autos eintreten würde?« Das war ein Satz aus seinem Buch.

Er grinste von Ohr zu Ohr. Er strahlte mich an. »Jeder«, sagte er. »Ohne Ausnahme jeder hier.«

Ich hatte blöderweise vergessen, ein Handtuch einzupacken, und stand jetzt da ohne einen Schimmer, womit ich mich abtrocknen könnte. Ich versuchte es mit der Decke, aber die war aus Wolle und nahm überhaupt keine Feuchtigkeit auf. Er zog seinen Pullover aus und dann das T-Shirt. Damit streifte er leider auch das Lächeln ab. Schade.

»Hier«, sagte er, »das könnte gehen.«

Als ich angezogen war und er sich das nasse T-Shirt über die Schulter gelegt hatte, gingen wir los. »Sie müssen sich vorkommen wie ein Star«, sagte er nach einem letzten Blick auf die glotzende Meute und legte eine Hand auf meinen Oberarm.

»Das ist kein schönes Gefühl«, sagte ich, »falls Sie das glauben.«

»Träumt man denn nicht davon? Die meisten ein Leben lang ohne Chance?«

»Mag sein. Aber wenn der Traum erfüllt ist, will man sein Leben zurück.«

Er hatte längst die Hand wieder von meinem Arm genommen und ging jetzt, in einem Meter Abstand zu mir, beide Hände in den Taschen und den Kopf leicht zur Seite geneigt, vielleicht, um nachdenklich zu wirken. Vielleicht auch, um an seinem T-Shirt zu riechen.

»Ich mag es, wenn ich im Mittelpunkt stehe«, sagte er. »Ich will das nicht zurückdrehen.«

»Vielleicht sind Sie stolz auf das, was Sie können«, sagte ich leichthin. »Ich kann nichts. Ich seh nur irgendwie aus. Das ist nichts.«

»Unsinn. Das ist nicht nichts. Vielleicht können Sie nichts dafür, aber es rührt die Menschen an. Es ist ein

Geschenk. So was wie eine Gabe. Schönheit ergreift alle.«

»In der Hose.«

»Sie sollten Respekt davor haben.« Jetzt klang er rechthaberisch. Und ging mir auf die Nerven. Ich brauch keinen Guru, der mir mein Leben erklärt. Ich schwieg lieber, bevor ich etwas Harsches sagen würde.

»Wären Sie denn im Ernst lieber häßlich?«

»Eine Tarnkappe würd's schon tun«, sagte ich. »Wenigstens hin und wieder. So daß ich mal die Wahl hätte, unter Menschen zu sein und trotzdem in Ruhe gelassen zu werden.«

Das schien ihm bedenkenswert. Oder das T-Shirt roch zu schwach. Er neigte den Kopf noch weiter zur Seite und schwieg. Ein paar Meter. Dann sagte er: »Sie *sind* ein einsamer Mensch.«

»Beachtlich kombiniert. Messerscharf.« Mir war nicht so recht klar, wieso ich sauer war, aber ich war es. Am liebsten hätte ich ihn stehen lassen und wäre quer zum Weg im Wald verschwunden. Was bildete der sich denn ein?

Beim Auto angekommen, öffnete ich schweigend und stieg schweigend ein. Dann startete ich schweigend, als er, ebenfalls schweigend, die Tür zuschlug und sich anschnallte. Ich fuhr los, Richtung Zehlendorf.

»Gehen wir was essen? Haben Sie Hunger?« Er hatte seine Sprache erst auf dem Spandauer Damm wiedergefunden.

»Ich will duschen vorher.«

✧

Frau Sommer war an den Mülleimern zugange. Sie grüßte nicht, das haben wir uns schon lange abgewöhnt, aber sie drehte den Kopf nach Behrendt, als wir an ihr vorbeigegangen waren. Kannte sie ihn? Gefiel er ihr? Dann würde sie Galle schlucken vor Neid. Mahlzeit. Er sah gut aus.

Ich schob ihm den Aschenbecher hin, als er sich gesetzt hatte, und bot ihm etwas zu trinken an, aber er schüttelte den Kopf und zündete sich eine Zigarette an. »Eigentlich sind Sie eine mythische Figur«, sagte er zur Tischplatte. Er sah mich nicht an.

»Wieso?«

Ich hatte vorgehabt, gleich mit dem Bademantel-Programm loszulegen, aber ich blieb stehen, um ihn anzuhören.

»Sie sind so was wie ein Engel, oder eine Göttin. Man *träumt* eigentlich nur von jemandem wie Ihnen. Eine Frau, die einfach mitmacht. Schön, intelligent, selbständig und bereit. Aber es gibt Sie wirklich. Sie sind echt. Sie sind nicht aus Papier. Sie stehen nicht in einem Pornomagazin oder einem Buch. Sie sind keine Erfindung, keine Lüge, man könnte Ihnen leibhaftig begegnen und Sie um etwas bitten, was man der eigenen Frau niemals vorschlagen würde. Sie sind ein Mythos. Ein lebendiger Mythos.«

Das Mythosgelaber war mir zuviel, aber den Kern des Textes hatte ich erfaßt. Er hatte angebissen. Und näherte sich mit Worten.

»Moment«, sagte ich, »bin gleich wieder da.«

Ich zog mich schnell um, riß mir die Kleider vom Leib und warf sie aufs Bett, nahm den dunkelgrauen Seidenvelours-Bademantel aus dem Schrank, den schönsten von dreien, und wollte gerade zurück ins Wohnzimmer, als ich sein Handy klingeln hörte. Ich ließ die Tür angelehnt und lauschte.

Es ging um ein Hotelzimmer. In Paris. Offenbar verlegte er einen schon gebuchten Termin. Er wiederholte alles für irgendwen zum Mitschreiben. Das Hilton in Paris und das Zimmer nicht vom 23. bis 26., sondern vom 27. bis 30. September. Er bedankte sich, und ich ging rein.

»Meinten Sie perverse Bitten? Irgendwelche Latexgeschichten oder sadistisches Zeug? Das hab ich noch nie gemacht. Und es hat mich auch noch nie jemand drum gebeten. Die Herren sind eigentlich pflegeleichter, als man denken könnte.«

Ich hatte ihn schon fast verloren. Der Anruf mußte ihn aus der intimen Stimmung gerissen haben. Ich merkte deutlich, wie er versuchte zurückzufinden. Vielleicht half ihm mein locker um den Körper liegender Bademantel dabei und daß ich mich auf die Sofalehne setzte.

»Kam nie einer mit der Bitte, Sie sollten ihm in den Mund pinkeln oder sonstwas eher Lächerliches, Unangenehmes oder Seltsames für ihn tun?«

Das war ihm schwergefallen. So extra beiläufig, wie er das ausgesprochen hatte, mußte es über eine Hürde in seinem Kopf gesprungen sein.

»Träumen Sie von so was?« Keine Umwege mehr.

»Nein.« Er starrte auf die Tischplatte. Ich hatte ihn wieder.

»Von was dann? Seien Sie nicht schüchtern. Ich bin abgebrüht.«

Ich ließ eine Minute oder noch länger vergehen und wartete. Er schien mit sich zu ringen. Er sah mich nicht an. Aber meine Geduld lohnte sich nicht. Er wich aus.

»Ich weiß nicht, ob ich das will, daß Sie *mich* ausfragen. Ich will *Sie* ausfragen. Ich bin zu verklemmt, um über Sex zu reden. Jedenfalls wenn ich selbst im Text vorkomme.«

»Ach kommen Sie. Verdienen Sie sich meine Antworten, indem Sie auch mal was preisgeben. Ich will auch was von Ihnen wissen. Ich interessiere mich auch für *Ihr* Leben. Das geht nicht immer nur in eine Richtung.«

Ich hätte gar nicht so viel reden müssen, denn er hatte sich offenbar aufgerafft. Mein ganzer Text hatte nur dafür gesorgt, ihn am Fragen zu hindern. Er kam direkt heraus damit: »Hat Sie jemals wer gebeten, vor seinen Augen zu masturbieren?«

»Ist das Ihr Traum?«

»Nein, ich träume nicht davon, aber ich habe das ganze letzte Jahr immer wieder intensiv darüber nachgedacht. Ich habe solche Szenen in meinem Buch beschrieben, ohne das je erlebt zu haben. Jetzt stell ich mir vor, daß ich Sie hätte kennenlernen und einfach darum bitten können. Um zu wissen, worüber ich schreibe.«

»Ich würde das jedenfalls für Sie tun«, sagte ich. Er

sah nicht auf. Das Schweigen breitete sich im Raum aus wie Nebel. Oder Sand. Oder Asche.

Ich legte meine Hände so an den Bademantel, daß ich ihn in einem Zug öffnen und abwerfen könnte. Er sah noch immer nicht auf. Ich wartete.

Schließlich schüttelte er den Kopf. Schade. Ich hatte gespielt und verloren. Er verschwand wieder aus meinem Einflußbereich. Ich spürte es, als hielte ich ihn in der Luft und er würde leichter und leichter. Er stand auf.

»Duschen Sie mal«, sagte er und sah mich zum erstenmal, seit wir hier waren, wieder an, »ich warte draußen auf Sie.« Und er verschwand hastig aus der Tür. Nicht ohne das Feuerzeug und seine Zigaretten vom Tisch zu nehmen und sich noch im Gehen eine aus der Packung zu ziehen und in den Mund zu stecken.

Ich zog mich an. Duschen konnte ich auch später noch.

11 »Was denkt eine Frau wie Sie über die Liebe?« fragte er. Wir saßen im Café Einstein. Dem alten in der Kurfürstenstraße, nicht dem angesagten Unter den Linden, in dem man sich nur nach Prominenten umsieht. Hier schaut man in eine Zeitung, ein Buch oder die Augen seines Gegenübers.

»Man weiß davon doch nur, was man sich ersehnt«, sagte ich.

»Oder was man erlebt.«

»Was wollen Sie denn genau wissen?«

Er überlegte kurz, dann räusperte er sich: »Für die meisten ist wohl Liebe und Sex ein und dasselbe. Viele Lieben scheitern daran, daß der Sex irgendwann eintönig wird. Aber für Sie könnte das anders sein. Sie gehen professionell mit Sex um und erleben ihn als etwas von Liebe Abgetrenntes. Sie könnten es trennen.«

»Und Sie? Trennen Sie's?«

»Inzwischen ja«, sagte er, »früher nein. Ich dachte auch, es gehört zusammen, aber jetzt scheint mir der Sex nur die Tür zu sein. Oder der Gang. Dahinter oder damit kommt dann erst die Chance, auf die Liebe zu stoßen. So etwa.«

Ich dachte einen Moment nach, bevor ich ihn provozierte. »Das ist nicht die Sorte Gedanken, die ich mir machen will«, sagte ich und winkte gleichzeitig dem Kellner, um mir einen Tee zu bestellen.

Es klappte. Er war eingeschnappt. Männer kann man immer damit durcheinanderbringen, daß man die Welt nicht erklärt haben möchte.

»Gibt es *irgendeine* Sorte?«

»Arrogant.«

Es fiel ihm sichtlich schwer, aber er mußte lachen. Sein Ärger verflog, und er schüttelte, vielleicht über sich selbst, den Kopf. »Ja. Zugegeben. Hören Sie, das vorher in Ihrer Wohnung tut mir leid. Das war ein Spiel mit dem Feuer. Das will ich nicht. Ich bin verheiratet und treu. Und mein Interesse an Ihnen ist menschlich und professionell. Ich bin kein Kunde. Tut mir leid, daß ich den Eindruck erweckt habe. Wirklich. Ich habe Angst, ich könnte Sie kränken.«

Mein Tee kam. Ich starrte die Tasse eine Zeitlang an und gab mich meiner Frustration und Verwirrung hin. Ich hatte außer dem Ärger über meinen fehlgeschlagenen Versuch, ihn endlich zu knacken, noch eine ganz deutliche zweite Empfindung, eine Art Kichern, ein heiteres, leichtes Schwebegefühl, mit dem ich überhaupt nichts anzufangen wußte. Ich verstand es nicht. Wollte ich etwa immer noch, daß er seinen Heiligenschein behielt? Oder wollte ich nicht, daß es jetzt schon zu Ende wäre? Mir den Zuhörer noch ein Weilchen warmhalten? Den interessanten Mann an meiner Seite nicht verlieren? Wollte ich mir einbilden, ich hätte einen Freund? Oder könnte einen gewinnen? Ich wurde aus mir selbst nicht schlau.

»Ich wollte Ihnen nur was Nettes tun«, sagte ich. »Es war ein Angebot, weiter nichts. Für mich ist das keine große Sache, aber für Sie hat es eine mythische Dimension. Machen Sie sich keine Sorgen um mich. So leicht bin ich nicht zu kränken.«

Das war gelogen. Und er schien es zu spüren, sein Schweigen war Schonung. Um es möglichst schnell zu beenden, redete ich einfach weiter: »Wie ist Ihre Frau? Was ist sie für ein Mensch?«

Ich hatte den richtigen Knopf gedrückt. Er war augenblicklich wieder in der Defensive. Ich sah es an seinem Gesicht und dem fahrigen Griff zur Zigarettenschachtel.

»Sie ist meine große Liebe«, sagte er.

Ich hatte Oberwasser und schwamm drauflos: »Und Sie leben glücklich und zufrieden zusammen bis an Ihr Lebensende?«

Weg war das Oberwasser – ich hatte überzogen. Ironie auf seine Kosten war nichts, womit man ihn amüsierte. »Ich hoffe es«, sagte er patzig. »Und alles, was ich dafür tun kann, tu ich.«

Unangenehmes Schweigen. Mißgelauntes Rauchen. Mein Tee wurde kalt vor meiner Nase. Ich hatte keine Lust auf einen Schluck davon. Irgendwann raffte er sich wieder auf: »Ich wollte eigentlich was Bestimmtes wissen.«

»Was?«

»Haben Sie sich mal in einen Kunden verliebt?«

»Nein. Ich hab mich mit manchen amüsiert, aber von keinem je geträumt.«

»Waren Sie überhaupt mal verliebt?«

»Das ist lang her.«

»Erzählen Sie's mir?«

Ich mußte eine Weile überlegen. Er ließ mir Zeit. Als ich schließlich sagte: »Die Geschichte ist lang und häßlich«, winkte er dem Kellner, um zu bezahlen. »Gehen wir«, sagte er, »der Tiergarten ist groß.«

12 Ich sortierte meine Gedanken, während wir gingen, und registrierte die ersten hier und da schon auf dem Rasen verstreuten gelben Blätter. Etwas ging in ihm vor. Er war nicht ganz da. Dachte an seine Frau oder irgendwas, und er dachte nichts Gutes. Ich spürte an meinem eigenen zu kurzen Atem, daß er mir nicht zuhören würde. Ich mußte ihn zuerst da wegholen, wo immer er gerade war. »Was geht mit Ihnen um?« fragte ich.

Er schaute nicht vom Weg auf, zog aber schon wieder die Zigaretten aus der Tasche. »Eine Erinnerung«, sagte er. Seine Stimme klang klein und hohl.

»Okay, Sie sind dran. Erzählen Sie. Sie schulden mir langsam auch eine Geschichte.«

»Ich weiß nicht, ob ich das will.«

»Ich will es aber.«

»Meine Frau hat eine ältere Schwester«, fing er an, und dann floß es nur so aus ihm heraus. Er ging schneller, während er sprach, und achtete so wenig auf seine Schritte, daß er ein paarmal fast über eine Wurzel oder andere Unebenheit gestolpert wäre. Ich paßte mich seinem Tempo an und gab keinen Mucks von mir. Er blutete die Geschichte aus. Und schien vergessen zu haben, wo er war, wohin er ging, daß ich neben ihm herrannte und Mühe hatte mitzuhalten.

»Die beiden haßten sich in ihrer Kindheit. Es war, als wäre die Welt in zwei Hälften geteilt für diese Mädchen, die eine wurde vom Vater geliebt, die andere von der Mutter. Die eine war selbstbewußt und kämpferisch, machte sich überall durch ihre Tüchtigkeit und Belastbarkeit beliebt, die andere, und das ist meine Frau, war zart – das ist sie immer noch –, scheu und leicht zu verwirren, sie wirkte dadurch oft wie das Dummchen, was ihre Schwester nach Kräften durch um so vernünftigeres Gebaren unterstrich. Meine Frau rührt die Menschen, sie hat einen Zauber und Charme, der ihr alle Herzen zufliegen läßt, und sie brauchte lange, bis sie begriff, daß ihre Schwester aus Eifersucht darauf einen regelrechten Untergrundkrieg gegen sie führte. Und daß ihre Mutter sie, vielleicht aus demselben Grund, nicht mochte. Das begriff sie erst nach der Scheidung ihrer Eltern. Da war sie zehn. Meine Frau lebte beim Vater, ihre Schwester bei der Mutter, sie gingen auf getrennte Schulen, hatten getrennte Freundeskreise, sahen einander kaum, und wenn, dann in verkrampfter Atmosphäre, hinterher war meine Frau dann immer wie zerschlagen, weil sie spürte, daß mit fast jedem scheinbar belanglosen Satz Gift über sie geträufelt worden war. Als wir uns kennenlernten, hatte sie seit Jahren keinen Kontakt mehr mit ihrer Schwester gehabt. Und dann, als wir schon verheiratet waren, starb ihr Vater, und beide Töchter erbten das Haus. Meine Frau hatte dort den größten Teil ihrer Jugend verbracht und wollte einziehen. Ihre Schwester ebenfalls. Keine von beiden konnte sich dazu durchringen, das Haus zu verkaufen, und keine konnte sich's damals leisten, die andere auszuzahlen. Nein, das stimmt nicht, die Schwester meiner Frau war geschieden und vermögend, sie *wollte* nicht. Um es kurz zu machen, wir wohnen jetzt dort. Die Schwester im Erdgeschoß und wir unterm Dach. Noch eine Zeitlang gingen sich die beiden Frauen aus dem Weg und lebten in verschiedenen Welten. Aber es läßt sich nicht vermeiden, daß man aufeinanderstößt, und es kehrte nach und nach zuerst eine Art Frieden ein, und dann wurde irgendwann sogar eine richtige Freundschaft daraus. Die beiden lernten sich neu kennen, hörten irgendwann damit auf, sich als die Kinder zu sehen, die sie schon lang nicht mehr waren, und begannen, einander zu vertrauen. Jetzt sind sie unzertrennlich, aber noch immer ist meine Frau manchmal wie zerschlagen und krank und beschädigt, wenn sie länger mit ihrer Schwester unterwegs war. Das sehe aber nur noch ich. Sie will es nicht mehr wahrhaben.«

Er setzte sich auf eine Bank und stützte den Kopf in die Hände. Da er mich nicht beachtete, blieb mir nichts anderes übrig, als mich neben ihn zu setzen – ich wollte nicht stehenbleiben und ungeduldig wirken.

Da saß er und schwieg und starrte den Kies an. Eine

Weile hielt ich still, denn ich dachte, er sammle sich und wolle weiterreden, aber als er nach Minuten noch immer keine Anstalten machte, erinnerte ich ihn an meine Gegenwart: »Und?«

Es klang bissig, als er den Satz ausspuckte: »Was, und? Ich hab mit ihr geschlafen.«

Ich schluckte meinen Ärger über sein Benehmen hinunter – was konnte ich denn für seine Verfehlungen? Er sollte mich gefälligst nicht als lästig hinstellen, nur weil ihm nicht gefiel, was er zu sagen hatte.

»Erzählen Sie«, sagte ich.

»Ich will nicht.«

»Doch. Sie wollen.«

Er hob den Kopf und gab mir einen winzigen, schnellen Blick, und was er sah, mußte ihm wohl Zutrauen eingeflößt haben, denn er raffte sich tatsächlich auf weiterzureden: »Meine Frau war übers Wochenende auf einer Fortbildung, es war Sommer, sehr heiß, und ich hatte mich mit einem Buch an den kleinen Pool im Garten ihrer Schwester gelegt. Die Schwester war ebenfalls weg, das wußte ich, weil wir einander immer Bescheid geben. Ich war eingeschlafen und träumte. Es war ein feuchter Traum...«

Und wieder schwieg er nachdenklich, erinnerte sich wohl an den Traum und suchte die Worte, um ihn mir zu beschreiben. Ich wartete ab. Diesmal war ich sicher, er würde weiterreden, deshalb störte ich ihn nicht beim Nachdenken. Und er redete weiter: »Es war kein Traum. Als ich aufwachte, war ich im Mund meiner Schwägerin. Sie hockte über meinen Beinen in einem schicken dunkelblauen Kostüm, hatte die Augen geschlossen und eine Hand im eigenen Schoß. Es war heller Nachmittag, vielleicht vier Uhr oder halb fünf. Ich ließ es geschehen...«

»Geben Sie mir eine Zigarette?« Ich hatte auf einmal Lust zu rauchen. Seit acht Jahren das erste Mal. Er hatte die Schachtel neben sich liegen, gab mir eine, gab mir Feuer, zündete sich selbst eine an und sprach weiter: »Eine Zeitlang redete ich mir ein, daß der Traum weitergehe, aber dann öffnete sie die Augen, sah, daß ich wach war, ließ für einen Moment von mir ab, um ihr Höschen auszuziehen und sich auf mich zu setzen, und ich konnte mich nicht mehr um die Tatsache herumdrücken, daß ich meine Frau mit ihrer Schwester betrog. Ihrer besten Freundin. Der Person, die sie besser kannte als jeder Mensch, mich vielleicht eingeschlossen, die ihre Schwächen, Ängste und Empfindlichkeiten kannte, alles, worin sie versagte, woran sie verzagte oder verzweifelte. Zum Beispiel ihre tiefsitzende Eifersucht, die Angst, von mir betrogen oder gar verlassen zu werden. Und all das zählte nicht. Und ich machte mit. Und fand es unglaublich erregend...«

Ich mußte husten, weil ich nicht mehr gewohnt war, Rauch einzuatmen, aber er ließ sich davon nicht aus der Fassung bringen, das heißt, von Fassung konnte keine Rede sein, er blutete weiter.

»Sie war wild, wie von Sinnen und ohne jede Scham. Sie holte sich von mir, wonach ihr der Sinn stand. Im Laufe der nächsten Minuten oder Sekunden, ich weiß nicht mal, ob wir kurz oder ewig zugange waren, hatte sie sich aller Kleider entledigt, und wir rissen einander in alle möglichen Positionen in einem eher hysterischen oder verzweifelten als genußvollen Akt. Es war wie Raub. Als raubten wir einander Orgasmen. Ja. Mehrzahl. Sie haben richtig gehört. Normalerweise tut es mir erst mal weh, wenn ich gekommen bin, aber sie machte einfach weiter, und ich kam nach einiger Zeit ein zweites Mal. Es war unglaublich.«

Als ich meine Zigarette austrat, hatte er schon die nächste im Mund.

»Und es war unglaublich niederträchtig von mir, das zu tun. Ich war gleichzeitig von meiner eigenen Gemeinheit entsetzt und erregt. Vielleicht ist es ja so, daß einen das Verbotene mehr als alles andere erregt. Dies war das Verbotenste überhaupt. Ich wußte nicht, wie ich meiner Frau je wieder gegenübertreten sollte, und war gleichzeitig außer mir vor Erregung. Die Mischung war unerträglich: der wildeste Sex und der widerwärtigste Verrat an der Frau, deren Glück mir über mein eigenes geht.«

Jetzt stand er einfach auf und ging los. Anscheinend war ich der Hund, dem man nicht extra zu pfeifen braucht, weil er einem sowieso hinterhertrottet. Na gut. Ich trottete hinterher. Er tat mir leid. Ich ließ ihm Zeit.

Irgendwann hakte ich mich bei ihm unter. Es schien ihn nicht zu stören. Ich hätte sonst meinen Arm sofort wieder weggezogen. Er war verkrampft. Sogar im Oberarm. Sein ganzer Körper mußte ein einziger Krampf sein. Was dieser Mann brauchte, war eine Massage. Oder ein Bad in ätherischen Ölen. Das konnte ich ihm in diesem Augenblick nicht bieten, also versuchte ich es mit Worten.

»Ging es weiter danach? Haben Sie wieder mit ihr geschlafen?«

»Nein. Aber sie ließ mich nicht los. Sie war so was wie meine Besessenheit. Ich war oft kurz davor, zu ihr hinunterzugehen und an ihren Kleidern zu zerren. Gleichzeitig schämte ich mich so sehr, daß ich auf die Blicke, die sie mir zuwarf, die Signale, die sie aussandte, die direkten Angebote, wann immer meine Frau weg war, nicht einging. Aber sie hat mich. Ich bin gelähmt wie das Kaninchen vor der Schlange. Ich habe immer noch Angst, sie könnte ihrer Schwester eröffnen, was für ein Schwein ich bin. Meine Frau wäre zerschmettert. Sie ist extrem eifersüchtig, weil sie ängstlich und nicht sehr selbstbewußt ist. Es würde sie zerstören. Es würde uns zerstören. Ich hätte meine große Liebe zerstört. Die Frau, deren Gegenwart in meinem Leben ein Privileg ist, für das ich dankbar bin wie sonst nur für mein Talent zu schreiben.«

»Erpreßt sie Sie?«

»Meine Schwägerin? Nein. Es ist, als warte sie auf mich. Sie hatte seither keinen Freund mehr. Vielleicht.«

»Sind Sie jetzt noch scharf auf sie?«

»Nein. Das war vor drei Jahren. Und ein Jahr lang etwa war es grauenhaft. Wie ein Schmerz. Ich weiß nicht, ob Frauen das kennen. Den Schmerz der Geilheit. Es tut weh. Aber jetzt hasse ich sie. Und habe Angst vor ihr. Und verberge beides unter aller Freundlichkeit und Wärme, die ich simulieren kann. Und hasse in Wirklichkeit nur mich selbst. *Ich* war schließlich derjenige, der seine Frau verraten hat.«

»Haben Sie mit der Schwester darüber geredet?«

»Nur kurz und verwirrt. Ich habe ihr gesagt, wenn sie auspackt, dann bring ich zuerst sie um und dann mich selbst. Das ist natürlich dummes Geschwätz, das weiß sie so gut wie ich, ich bringe keinen um, aber sie hat mich beruhigt und mir versprochen, daß es unter uns bleibt. Seither begegnet sie mir irgendwie scheu und spöttisch. Und vorsichtig. Ein bißchen so, wie man vielleicht einem gewalttätigen Menschen begegnet, der jederzeit ausrasten kann. Als wäre ich das Problem.«

Der Mann neben mir war geschrumpft. Er kam mir einen Kopf kleiner und zehn Jahre älter vor. Mein Gott, ich habe sonst nur mit Männern zu tun, die ihren Samen in alles, was die Beine rasiert, reinspritzen wollen, sich einen Scheiß um die Gefühle ihrer Frauen scheren, ja nicht einmal eine Vorstellung davon haben, daß das weh tut, und dieser Mann hier quält sich wie einer aus einem Roman des neunzehnten Jahrhunderts mit seiner Verfehlung. Der Typ ist auch ein Mythos. Den gibt's gar nicht mehr. Der hat sich selbst erfunden und will mir einreden, auf dieser Welt, in dieser Zeit, in diesem Land sei die eheliche Treue noch ein Thema, über das sich irgendwer Gedanken macht. Nein. Der Typ ist kein Mythos. Der Typ ist ein Witz.

»Das alles ist in Wirklichkeit nicht schlimm«, sagte ich.

Er sah mich an wie eine Schranktür, die er nicht aufbekommt, oder einen Köter, der ihm seelenruhig auf den Schuh pinkelt. »Na, das ist mal ein toller Trost. Danke. Was für eine Wirklichkeit meinen Sie denn? Die, in der wir leben?«

»Genau die. Sie müssen nicht gleich wieder den Fatzke rausholen, wenn Ihnen was nicht paßt. Es *ist* nicht schlimm! Seitensprünge sind das Normalste auf der Welt. Woher wissen Sie denn, daß Ihre Frau Sie nicht betrügt? Fremdgehen ist Volkssport. Wir leben nicht mehr im Biedermeier.«

»Ich bin nicht das Volk.«

Er lächelte, als er diesem Satz hinterherhorchte, aber hatte sich gleich wieder im Griff. »Und ich glaube nicht, daß meine Frau mich betrügt. Sie ist so treu wie ich.«

An diesem Satz fiel ihm die Komik nicht auf, also verkniff ich mir eine Bemerkung dazu. Das kostete mich allerdings ein bißchen Anstrengung und gelang mir erst, als ich dachte, du bist kleinlich.

»Sie haben vorher selbst gesagt, Liebe und Sex sind zwei verschiedene Dinge. Jetzt machen Sie doch das eine zum anderen. Sie sagen, Ihre Liebe sei zerstört, wenn es rauskommt.«

»Es kommt nicht drauf an, wie ich das sehe«, sagte er, »sondern darauf, wie meine Frau es sieht.«

Am liebsten hätte ich ihn geschüttelt, geohrfeigt und ihm ins Gesicht geschrien, Ihre Frau sieht das ganz anders. Sie will, daß Sie mich ficken und dann zu ihr nach Haus gekrochen kommen, sie ist ein Miststück, sie will Sie reinlegen. Aber ich beherrschte mich und fragte: »Woran erkennt man eigentlich die große Liebe? Das wollte ich schon lang mal jemanden fragen. Sie sind der erste Mensch aus Fleisch und Blut, der so was hat.«

»Der *was* hat, eine große Liebe?«

»Ja.«

»Vielleicht daran, daß der andere einen verletzen darf wie sonst keiner und daß man ihn vor Verletzungen bewahren will wie sonst keinen. Und daß man nie von Alternativen träumt.«

»Das könnte auch ein Zeichen von Phantasielosigkeit sein.«

»Nicht mein Problem.« Er lächelte. Seltsamer Kerl. Mal ist er begeistert, wenn man ihm widerspricht, mal schnappt er ein und wird aggressiv wie ein zu kleiner Hund. Was machte ich hier eigentlich? Psychotherapie? Ich versuchte es jedenfalls: »Könnten Sie denn nicht versuchen, sich zu sagen, es ist nicht passiert, solang die Schwester dichthält?«

»Das tu ich seit drei Jahren. Das hilft nicht.«

»Haben Sie mehr Angst, Ihre Ehe geht in die Brüche, oder ist es mehr der Ärger darüber, wie ein Mensch reagiert zu haben und nicht wie ein unfehlbarer Gott?«

✧

Ich hätte mir die Hand vor den Mund gehauen, wenn er mich nicht sofort fixiert hätte. Aus mir sprach fast wörtlich seine Frau. Ich mußte ärgerlich geklungen haben, als litte *ich* unter seiner Unangreifbarkeit, als hätte *ich* ein Problem mit seinem Stolz. Na ja, eigentlich hatte ich das. Ich sollte ihn rumkriegen und schaffte es nicht. Er machte mich wahnsinnig mit seinem Edelmut.

Ein paar Sekunden lang sah er mich an, mehr traurig als verärgert, dann beschleunigte er seinen Schritt so, daß ich hätte rennen müssen, um ihm hinterherzukommen, und sagte über die Schulter: »Ich merke, daß ich nicht mit Ihnen darüber reden mag.«

Ich blieb stehen und ließ ihn mit seinen wütenden Absätzen den Weg verstümmeln. Er trat richtige kleine Löcher in den Kies.

Ich gab ihm dreißig oder vierzig Meter Zeit, es sich noch anders zu überlegen, aber er drehte sich kein einziges Mal mehr um und verschwand in einer Kurve. Von mir aus. Ich setzte mich erst mal wieder hin. Ich hätte gerne noch eine geraucht.

13 Eins war klar, dieser Mann hatte eine völlig falsche Vorstellung von seiner Frau. Er hielt sie für zart, vielleicht verwechselte er wie die meisten Männer ihren Körper mit ihrem Wesen. Sie hatte eine zarte Figur, war eine zarte Erscheinung, aber ihr Wesen war weder zart, jedenfalls nicht mir gegenüber, noch war sie scheu, leicht zu beirren oder gar schutzbedürftig. Diese Frau war für ihren Mann ein empfindsamer Engel und für den Rest der Welt eine toughe Amazone, die weiß, was sie will, und weiß, wie sie es kriegt.

Die Männer sind doch eine lächerliche Spezies. So beeindruckt von ihrer eingebildeten Stärke, daß sie jeder Frau glauben wollen, sie sei schwach und brauche ihre Unterstützung. Bis zum bösen Erwachen. Dann ist die zarte Frau ein amoklaufendes Monster. Wie Stefanie. Eine Fee für alle Welt, eine Hexe, wenn keiner hinsieht. Wie ich. Ich bin das größte Monster von allen.

Ich ging nach Hause.

✧

Ich wollte gerade in der Dusche das Wasser aufdrehen, als ich Lust auf ein Bad bekam. Ich steckte die Schlüssel in den Bademantel und die Packung Zigaretten, die ich mir unterwegs gekauft hatte – dieselbe Marke, die er rauchte –, und ging nach nebenan in die Wohnung. Während das Bad einlief, rauchte ich eine. Ich mußte schon nicht mehr husten. Wie schnell das geht.

Was für ein Mißverständnis. Der Mann litt unter einer längst verjährten Untreue, und seine Frau wollte genau das. Sie wollte, daß er sie betrog, wollte ihn schwach und reumütig haben, gab Geld für eine Falle aus und setzte alles dran, ihn zu kompromittieren. Warum schrieb ich ihr nicht einfach sein Geständnis per E-Mail, und basta?

Er hatte mich stehen lassen, und ich war ihm nicht mal böse. So albern ich seine zergrübelten Schuldtheorien fand, er war ehrlich. Der Mann litt wirklich, er schämte sich, so wie ich mich für das mit Markus schämte. Er hatte sich selbst ein Trauma zugefügt und vergaß es nicht, weil er verrückt war vor Angst, seine Frau zu verlieren, verrückt vor lauter Schuldgefühlen und weil er, wenn er sich erinnerte, verrückt vor lauter Lust gewesen war. Vielleicht würde sich das alles lösen, wenn ich der Frau seine Beichte schriebe. Sie hätte, was sie wollte, den reumütigen, beschädigten, seiner Unfehlbarkeit beraubten Mann, und er wäre seine Schuld los, bekäme sie verziehen und hätte außerdem noch etwas über seine ach so zarte Frau dazugelernt. Und über mich. Und über das Leben. Die Schlechtigkeit der Welt.

Was überlegte ich mir da eigentlich die ganze Zeit? Wie ich dem Mann helfen konnte? Wie kam ich dazu?

Ich hatte einen Auftrag, und den sollte ich mal langsam abschließen.

Es war fast fünf, Zeit für Arlette, also ließ ich das Wasser ablaufen und trocknete mich ab. Die Badewanne konnte ich später noch putzen. Eigentlich hätte es die ganze Wohnung mal wieder nötig. Ich putze gern. Ich kann Stunden damit zubringen. So hab ich Murmi schon verwöhnt. Sie nannte mich immer ihr Putzteufelchen. Und kochte mir hinterher Spaghetti.

Arlette erwartete mich schon. Ich versorgte sie und setzte mich gleich an den Computer. Den Schwung ausnutzen, dachte ich, bevor ich's mir wieder anders überlege. Ich schrieb los.

Hallo, ich bin mir nicht ganz sicher, ob das, was ich zu berichten habe, genau das ist, was Sie erwarten, aber ich glaube, Ihr Ziel ist erreicht. Zwar habe ich ihn nicht herumgekriegt, Sie sollten stolz auf ihn sein, er ist treu bis unter die Fußnägel, aber da ist ein schwarzer Fleck in seiner Vergangenheit, der Ihr aktuelles Interesse eigentlich befriedigen müßte: Er hat Sie schon einmal betrogen.

Bitte glauben Sie mir, daß er sehr darunter leidet, und, wenn ich mich einmischen darf, bitte verzeihen Sie ihm recht bald, denn er zerreißt sich fast vor lauter Schuld und Scham. Er hatte vor drei Jahren eine Art Unfall mit Ihrer Schwester. Die beiden haben es am Pool miteinander getrieben. Es hat sich nicht wiederholt. Ihre Schwester ist ein Miststück, geben Sie ihr, was sie verdient, sie war die treibende Kraft, die Schuldige, sie hat ihn im Schlaf überrascht, so daß er schon mittendrin war, bevor er sozusagen mitreden konnte.

Ich hoffe, Sie sind zufrieden mit meiner Arbeit, auch wenn ich keine Bilder liefern kann, und bitte Sie, die fälligen tausend im Briefumschlag zu schicken.

Mit freundlichem Gruß, Ihre Vera Sandin.

Ich schickte ab und holte den Staubsauger aus dem Kämmerchen, ohne mich anzuziehen. Im Bademantel putzt sich's ebenso gut wie in Jeans.

14 Ich war fast durch mit dem Staubsaugen, trällerte gerade einen Song aus einer Wunschsendung im Radio mit, das ich bei weit geöffneten Fenstern ordentlich laut gestellt hatte – es war »Tausendmal du« von der Münchner Freiheit –, und ich rechnete damit, daß Frau Sommer gleich mit empörtem Gesicht auftauchen würde und verlangen, daß ich leiser drehe, ich freute mich schon drauf, sie anzugiften, da stand er plötzlich vor dem Fenster, im Arm eine Packung Spaghetti, eine Dose Tomaten, eine Zwiebel und eine Flasche Wein. Ich starrte ihn an wie eine Erscheinung. Er lächelte schüchtern.

»Ich hab Sie schon wieder schlecht behandelt«, sagte er, als ich Staubsauger und Radio ausgestellt und ihm die Tür geöffnet hatte, »es tut mir leid. Wenn Sie wollen, koch ich für Sie. Hab alles da.«

»Hunger hab ich keinen«, sagte ich, »aber essen ist okay.«

Er ging in die Küche und legte seine Einkäufe ab. Ich rückte die Möbel wieder zurecht und schloß die Fenster. Er kam aus der Küche.

»Ich bin jähzornig«, sagte er, »tut mir leid.«
»Das kenn ich ja nun schon.«
»Ich wollte Ihre Geschichte hören. Sie waren verliebt.«

Eigentlich war ich fertig mit ihm. Ich brauchte nicht mehr zu schauspielern, könnte ihn einfach rauswerfen und hätte meine Ruhe. Meine Arbeit war getan – er würde ein grabkaltes Schweigen zu hören bekommen, wenn er seine Frau das nächste Mal anrief –, ich könnte jetzt mein Leben weiterführen, den Mietwagen zurückgeben und dieses lästige Hin und Her zwischen Gefühlsduselei und Raffinement vergessen. Aber was soll's, dachte ich, warum gebe ich ihm nicht noch diesen Abend. Schließlich war er nett.

Ich zog ihm die Schubladen auf, deren Inhalt er zum Kochen brauchen würde, und er machte sich mit anerkennendem Blick für die teuren Messer über die Zwiebel her, nachdem er Öl in einen Topf gegossen und Wasser für die Nudeln aufgesetzt hatte.

Ich nahm mir einen Schluck Wein – er hatte die Flasche als erstes geöffnet – und lehnte mich an den Türrahmen. Er ging geschickt zu Werke, es machte Spaß, ihm dabei zuzusehen. »Erzählen Sie«, sagte er.

Roman hatte mich seit der Sache mit dem Zettel ignoriert. Er benahm sich nicht gemein oder eklig mir gegenüber – er lachte nicht laut und verächtlich vom anderen Ende des Schulhofs, wenn ich auftauchte, wie seine Freunde es taten, er rempelte mich nicht so, daß er meine Brüste quetschte wie sie, oder preßte wie sie seinen Unterleib an meinen Hintern, wenn ich mich nicht wehren konnte – nichts. Er registrierte mich einfach nicht. Ich war Luft für ihn. Bis ich auf einmal nicht mehr mit Stefanie befreundet war.

Ich glaube, ich wurde tiefrot, als ich zum erstenmal bemerkte, wie er mich ansah. Das war vielleicht einen Monat nach der Sache mit Markus – ich hatte einen Kurs getauscht, Stefanie und ich mußten einander nur noch in Englisch, Physik und Sport übersehen. Und Sport schwänzten wir abwechselnd.

Seit einiger Zeit war Roman ein Waver. Er rauchte wie ein Schlot, trug gestreifte Hosen, Hawaiihemden und eine schwarze Lederkrawatte, färbte sich die Haare schwarz und ließ sie in alle Richtungen abstehen. Die Mädchen schwärmten für ihn. Er hatte schon seit langem aufgegeben, sich um die Anerkennung der Lehrer zu bemühen, die ihr Mißtrauen ihm gegenüber seit der Zettelgeschichte damals nie ganz abgelegt hatten, und trug einen Ausdruck der Verachtung und des Ekels vor sich her, der ihn nur um so interessanter machte. Es war düster um ihn. Und er hatte drei Knechte, Pascal, Marc und Oliver, die ihn verehrten und imitierten und den Anschein erweckten, sie würden alles für ihn tun.

Ich selbst hatte von einem Tag zum anderen mit dem Schminken aufgehört und hüllte mich in sackartige Kleider. Ich wollte nicht mehr sexy sein. Den Wettbewerb mit Stefanie, der ohnehin nur auf eine Art Nachahmerei hinausgelaufen und deshalb natürlich erfolglos gewesen war, hatte ich zusammen mit der Freundschaft aufgegeben. Und ich hoffte, die Jungs würden mich in Ruhe lassen, wenn ich mich in dicken Pullovern, Pumphosen oder abgelegten Hippiesachen meiner Mutter versteckte. Das war dumm von mir, denn so fiel ich erst recht auf.

Er sah mich in Geschichte an. Unentwegt. Und in seinem Blick lag keine Verachtung, kein Haß, sondern etwas Nachdenkliches. So als überlege er sich, was mit mir wohl los sei. Wieso ich auf einmal nicht mehr unzertrennlich mit Stefanie unterwegs war, wieso ich auf einmal in Flohmarktklamotten herumlief oder wieso ich in den unmöglichsten Momenten zu heulen anfing. Das tat ich nämlich damals. Immer wenn mir der verzweifelte Markus wieder einfiel.

Ich hätte in dieser Zeit gern mit jemandem geredet, aber es gab niemanden. Mein Vater, der einzige Mensch, der mich noch mochte, kam nicht in Frage. Ich würde ihm das nie erzählen können. Und sonst hatte ich niemanden. Murmi vielleicht. Aber die war weit weg. Ihr hätte ich vielleicht von meiner Scham und meinem Selbstekel erzählt. Und sie hätte vielleicht gewußt, was ich tun konnte, um es wiedergutzumachen.

Ich saß auf einem Bänkchen am Stadtsee und zündete mir eine Zigarette an. Vor zwei Wochen hatte ich damit angefangen. Stefanie hatte es gehaßt, da erschien es mir jetzt logisch, mich mit Schwung darauf zu verlegen. Ich rauchte aber nur, wenn niemand, der es meiner Mutter sagen konnte, in Sichtweite war. Das Geschrei wollte ich mir nicht antun. Als ich eine Vespa hörte, versteckte ich die Zigarette in der hohlen Hand. Man durfte auf dem Weg hier nicht fahren. Es war Roman. Ohne seine Entourage. Ich steckte die Zigarette wieder in den Mund und zog daran.

Er stoppte, stellte den Roller ab und setzte sich neben mich. »Gibst du mir auch eine?« fragte er, ohne mich anzusehen. Er schien die Entengrütze auf dem See zu studieren. Ich hielt ihm die Packung hin, und er zog sich eine Zigarette raus. Ich rechnete mit einer Standpauke für meine Gemeinheit damals. Aber er schwieg und rauchte und schwieg, bis er sagte: »Die Kippe schmeckt scheiße« und sie halbgeraucht in den See warf.

Neben mir lag meine neue Querflöte in ihrem Kasten. Mein Vater hatte sie mir zum Geburtstag geschenkt, und heute sollte meine erste Unterrichtsstunde stattfinden. Ich hatte mich auf dem Weg dorthin auf die Bank gesetzt, weil ich zu früh dran war. »Was ist das denn?« fragte Roman und deutete auf den Flötenkasten.

»Eine Flöte. Ich hab nachher Unterricht.«

»Soll ich dich hinfahren?« sagte er, und ich nickte. Ich wollte unbedingt cool und gelangweilt erscheinen, aber ich war natürlich beflissen, ihm zu gefallen, und mußte mir Mühe geben, regelmäßig zu atmen.

Auf der Fahrt paßte ich auf, daß meine Brust nicht seinen Rücken berührte, das war schwierig, denn sie war riesig. Scheußliche, monströse Euter, die ich mir am liebsten abgeschnitten hätte, weil sie daran schuld waren, daß mich die Jungs wie ein Stück Fleisch behandelten.

Ich saß unbequem, aber ich hatte meine Hände um seine Taille gelegt und war aufgeregt und, soweit ich mich erinnern kann, glücklich. Er raste nicht, fuhr so, daß ich keine Angst, aber trotzdem eine Ahnung von Freiheitsgefühl und Geschwindigkeitsrausch bekam. Es war toll, so dahinzufegen mit wehendem Haar und kaltem Gesicht. Vor einer Fahne von Lärm und Qualm.

Als wir über einen Feldweg holperten – mein Flötenlehrer wohnte ein Stückchen außerhalb –, rief er mir über die Schulter zu: »Bist du Jungfrau?«

»Nein«, schrie ich zurück, bevor ich mir noch überlegen konnte, daß diese Frage eine Unverschämtheit war. Als es mir klar wurde, versuchte ich den flittchenhaften Eindruck, den ich auf ihn gemacht haben mußte, zu korrigieren, indem ich noch hinterherrief: »Ich bin Löwe.«

Vor der Tür meines Flötenlehrers stellte Roman, nachdem ich abgestiegen war, den Motor ab und fragte: »Machen wir nachher was zusammen?«

»Okay«, brachte ich heraus, und er versprach, mich nach der Stunde abzuholen, startete wieder und brauste davon.

Jetzt war ich erst recht zu früh dran. Ich ging ein Stück spazieren und rauchte eine nach der anderen. Ich war aufgeregt. Er wollte mit mir schlafen. Wozu sonst hatte er nach meiner Jungfräulichkeit gefragt. Ich würde es tun. Ich ließ alle Vorsätze fahren, die ich bis zu diesem Moment eisern hatte befolgen wollen. Jetzt oder nie, dachte ich mir. Wenn er mich schon will, dann mach ich auch mit.

In der Stunde war ich zwar völlig abwesend – der Flötenlehrer mußte mich für irgendwie behindert oder verhaltensgestört halten –, ich begriff nichts und glotzte ihn wohl an wie jemand, der glaubt, einen Schreibmaschinenkurs belegt zu haben, und sich fragt, wo bei diesem schmalen Ding das Papier reinkommt, aber ich war ruhig. Ich überlegte mir, ob Roman wohl ein Kondom dabei haben würde, ob meine Unterhose okay war, ob ich den lächerlichen rosa BH schon hier auf dem Klo ausziehen und in meine Tasche stopfen sollte, ob ich vielleicht irgendwo Pickel haben könnte oder meine Zähne putzen müßte, denn er würde mich ja sicher auch küssen. Ich hatte immerhin Kaugummi dabei.

Nach der Stunde stand er schon da. Ich hatte ihn gehört und einfach die Flöte auseinandergenommen und eingepackt, ohne auf die Uhr zu sehen und ohne auf den Lehrer zu achten, der mich erstaunt und befremdet ansah, aber sofort seinem Blick etwas Gütiges zu geben versuchte, als er mitbekam, daß ich es merkte.

Roman brauste los. Diesmal viel schneller. Er hatte kein Wort gesagt, war einfach gestartet, als ich auf dem Sozius saß, und sein Schweigen und das Tempo machten mir angst. Er kam mir wütend vor.

Wir rasten durch den Wald, und ich mußte mich krampfhaft an ihm festhalten. Ich konnte auch nicht mehr verhindern, daß meine Brust sich an ihn preßte, nicht vom Roller zu fallen war wichtiger. Es ging über Waldwege, den Berg hinauf, dann mußte ich den Kopf einziehen, weil er in einen Trampelpfad bog, eine Art Spur, die gar kein richtiger Weg mehr war, und mir Zweige ins Gesicht schnappten, wenn ich mich nicht ganz eng an ihn schmiegte. Schließlich hielt er an und stellte den Roller ab, nachdem er den Motor noch einmal laut hatte aufheulen lassen. Danach war Stille. Es war unglaublich still. Ich stieg ab, und er legte den Roller auf die Seite. »Komm«, sagte er, »ich zeig dir den schönsten Platz hier.«

Wir kletterten durchs Unterholz den Berg rauf. Er half mir hin und wieder, wenn es besonders steil oder unwegsam war, aber ich hatte Turnschuhe an und keine Mühe, ihm zu folgen. Später, als es nicht mehr bergauf ging, hielt er immer wieder Zweige fest, bis ich daran vorbeigegangen war, und schließlich kamen wir an eine wunderschöne Lichtung. Sie war nicht größer als vielleicht fünf oder sechs normale Wohnzimmer, ganz von dichtem Unterholz und Mischwald umgeben, noch mehr als zur Hälfte von der Sonne beschienen und mit gelben und weißen Blumen gesprenkelt. Ein Paradies.

Wir setzten uns in die Mitte. Es war warm. Roman bot mir eine Zigarette an, aber ich nahm meine eigenen aus der Tasche, und wir rauchten auf dem Rücken liegend und sahen in den Himmel. In dem Moment war ich glücklich wie vielleicht noch nie zuvor. So glücklich, wie man nur sein kann, wenn man jung ist und glaubt, auf eine Reihe von immer noch größeren, schöneren und aufregenderen Ereignissen vorauszuschauen.

Ich weiß noch, wie es roch. Satt, feucht, sommerlich, nach Gras und Blumen und Wald. Mir war heiß. Ich zog meine Jacke aus.

Das war wohl ein Zeichen für Roman, denn er setzte sich auf und küßte mich. Es war nicht unangenehm, aber es war seltsam. Erregend war es jedenfalls nicht. Ich registrierte das, was seine Zunge da mit meiner veranstaltete, eher distanziert, so als hätte ich vor, gleich nachher alles meinem Tagebuch zu beichten, und müsse aufpassen, es auch richtig mitzukriegen. Dann machte er sich an meinen Knöpfen zu schaffen. Ich hatte eine kragenlose Bluse an und nahm ihm die Arbeit ab. Ich wollte nicht, daß er meinen doofen BH allzu genau ansehen konnte, und beeilte mich, beides, Bluse und BH, loszuwerden, während ich ihn mit dem Mund festhielt und versuchte, meine Zunge seiner anzupassen. Gott sei Dank hatte ich geübt.

Als er mitbekommen hatte, daß ich oben nackt war, ließ er von mir ab. Und ihm gingen die Augen über. Er zog sich selbst Hemd und Hose aus, ohne seinen Blick von mir zu wenden. Ich kniete ein bißchen verlegen und ein bißchen stolz und ein bißchen wie neben mir vor ihm und hatte die Hände im Schoß. »Du hast ja wahnsinnige Titten«, sagte er, aber es klang nicht gemein, er war außer Atem und ganz offenbar erregt.

Ich weiß nicht, ob ich den Augenblick genoß, es ging zu vieles durcheinander. Einerseits war es mir furchtbar peinlich, so halbnackt seinem Blick preisgegeben zu sein, andererseits war er so eindeutig hingerissen von mir, daß es mir guttat. Und da war auch noch ein drittes Gefühl. Die Luft an meiner Haut. Sie fühlte sich großartig an. Nicht wie im Badezimmer oder beim Umziehen, dies war ein aufregendes, starkes und unbekanntes Gefühl.

Als er sich die Unterhose von den Hüften schob, tat ich es ihm nach und zog Rock und Slip aus. Den häßlichen BH hatte ich schon mit meiner Bluse bedeckt, jetzt tat ich das gleiche mit der Unterhose, auch sie verschwand unterm Rock.

Meine Knie sanken in den weichen Untergrund ein, und ich spürte meine Fersen am Hintern. Und ich wunderte mich über seinen Penis. Er war kerzengrade. Der von Markus war ein bißchen aufwärts gebogen und die meisten, die ich auf Abbildungen gesehen hatte, sonstwie krumm gewesen. Aber dieser hier stach so makellos gerade in die Luft, daß ich dachte, so was gibt's kein zweites Mal.

Er nahm meine Brüste in die Hand, vorsichtig, streichelte sie, nahm sie in den Mund und bog mich nach hinten mit seinem Gewicht. Aber da ich kniete, fiel ich zur Seite und brauchte einige Verrenkungen, bis ich meine Beine unter mir hervorgezogen und ausgestreckt hatte. Das Gras juckte in meinem Rücken. Wir hätten eine Decke mitnehmen sollen. Roman saß jetzt seitlich von mir, eine Brustwarze in seinem Mund und eine Hand zwischen meinen Beinen. Ich spürte, daß er dort keinen Widerstand vorfand, und dachte erleichtert, er ist vorsichtig, er hat offenbar Erfahrung, er tut mir nicht weh. Das dachte ich auch noch, als er sich auf mich legte und in mich eindrang. Er stützte sich auf die Hände und sah mich an. Ich schloß die Augen und stellte mir vor, wie wir wohl von oben aussehen mußten. Für einen Vogel oder Ballonfahrer, der die Lichtung überflog. Ein hüpfender Hintern, zwei nach oben gerichtete Knie, ein Rücken, ein Haarschopf, man würde fast nur Roman sehen, von mir nur die Knie und meine Hände auf seinem Rücken. Ich spürte keine sexuelle Erregung, aber die Tatsache, daß ich mit einem Jungen schlief, war großartig. Und daß es nicht weh tat, daß es nur so ein weiches Schaukeln im Grünweißgelb der kreisrunden Wiese und daß es Roman war, Roman, nach dem ich mich schon so lang gesehnt hatte, das alles genoß ich so sehr, daß ich die Erregung nicht vermißte. Es war schön so.

Er hörte auf und zog sich aus mir raus. Zuerst dachte ich, er ist schon gekommen, aber als ich die Augen öffnete, sagte er mit ernstem Gesicht: »Ich will was anderes machen.«

»Was?« Meine Stimme war ganz klein. Ich hatte keine Angst, aber ich war nicht darauf eingestellt, aus dem schönen Schaukelrhythmus herausgerissen zu werden.

»Von hinten. Geh mal auf die Knie.«

Das war mir unangenehm, aber ich tat es. Vielleicht zieht er sich jetzt ein Kondom an, dachte ich, denn er fummelte irgendwas hinter meinem Rücken herum. Ich hatte das Bild meiner Eltern vor Augen, und ich wurde es nicht los, als er wieder in mich eindrang und mit seinen Lenden an meinen Hintern klatschte. Ich fragte mich, ob ich ein Kondom fühlen würde, versuchte mich darauf zu konzentrieren, sah das Gras unter mir und schloß wieder die Augen. Wie die Kuh vor dem Stier zu stehen, so völlig preisgegeben seinen Blicken auf meinen Hintern, mit herunterhängenden Brüsten, war einfach peinlich. Aber ihm schien es zu gefallen, also ließ ich es geschehen und konzentrierte mich auf das Gefühl der Luft an meiner Haut. Ich spürte sie auf meinem Rücken, auf meinen Pobacken, an den Oberschenkeln und vergaß das Bild meiner Eltern.

Roman schien es jetzt eilig zu haben. Er wurde schneller und stieß immer heftiger in mich rein. Wenn es ihm so gefällt, soll es mir recht sein, dachte ich und hob den Kopf, um das Halbrund des Waldes vor mir zu betrachten. Er nahm seine Hände von meinen Hüften und legte sie mir auf die Schultern. Er zog mich hoch. Er bog mich richtiggehend zu sich, so daß ich meine Handflächen vom Boden nahm und mich im Knien aufrichtete. Ich weiß noch, daß ich dachte, meine Brüste wackeln fürchterlich, als er mit einem tiefen Stöhnen seine Hände um sie krallte, mir zum erstenmal weh tat und in spastischen Zuckungen kam. Und dann blitzte mir etwas ins Gesicht. Ich schloß für einen Moment geblendet die Augen, öffnete sie aber gleich wieder, um die

Stelle am Waldrand, an der ich den Blitz gesehen hatte, zu fixieren. Zuerst sah ich nur rot. Aber dann stand da ein Junge mit einem Ding vor dem Gesicht und kam auf mich zu. Roman steckte noch immer in mir, ich drehte den Kopf, um ihn zu warnen, da sah ich links von mir einen weiteren Jungen, ebenfalls mit einem metallischen Ding vor dem Gesicht, und als mir klar wurde, daß ich Marc und Oliver mit Videokameras vor mir hatte, die wortlos auf mich zukamen, wußte ich, daß rechts von mir auch Pascal sein würde. Die hatten uns gefilmt. Ich kniete da mit hochgerecktem Oberkörper und war starr. Ich glaube, sie waren schon auf drei oder zwei Meter an uns herangekommen, als ich die Hände vor die Brüste nahm, um wenigstens die, wenigstens jetzt vor ihren seelenlosen Maschinenblicken zu schützen.

Jetzt bemerkte ich auch, daß Roman mich festhielt. Ich sollte so lang wie möglich ausgeliefert sein. Ich gab keinen Ton von mir und hörte nichts, nur das Geräusch der Schritte und das nervöse Klicken eines Kameraverschlusses, als ich Rock und Bluse an mich riß, vor Brust und Schoß hielt und Roman dabei von mir wegstieß. Jetzt ließen sie die Kameras sinken.

Ich tat nichts. Ich kniete da im Gras, meine Kleider an mich gepreßt, und tat nichts. Ich sagte nichts, kreischte nicht, weinte nicht, machte keine Bewegung, sah, wie die Jungs halb verlegen und halb abschätzig auf mich herabgrinsten, sah aus dem Augenwinkel, daß Roman sich eine Skimaske vom Gesicht zog, dachte, die muß er hinter mir aufgesetzt haben, deshalb wollte er es von hinten, sah, wie Roman sich meinen Büstenhalter griff und als Trophäe um den Hals legte, als er angezogen war, hörte, wie er sagte: »Gehen wir«, und hörte, wie Marc sagte: »Das ist kein Schamhaar, was du da hast, das ist ein Urwald«, hörte, wie Roman drängte: »Los jetzt, hauen wir ab, mir reicht's«, sah und hörte, wie sie zum Waldrand gingen, sah sie darin verschwinden, hörte sie durchs Unterholz brechen, hörte, daß sie kein Wort sprachen, und hörte irgendwann, ziemlich viel später, Romans Vespa und noch einen anderen Roller starten. Dann ließ ich meine Kleider sinken und begriff, daß ich weinte, weil alles vor mir, der Waldrand, die Wiese, der Himmel, verschwamm.

15 Er starrte auf das sprudelnde Spaghettiwasser, hielt die Nudeln in der Hand und konnte sich schon seit Minuten nicht entschließen, sie hineinfallen zu lassen.

»Und was war dann?« fragte er schließlich, ohne sich zu rühren. Seine Stimme klang belegt.

»Ich hab mich angezogen und bin nach Hause gewandert. Als ich aus dem Wald kam, hatte ich genug geheult, und den ganzen Weg über hab ich nichts weiter gefühlt als eine diffuse Wut und eine Art Ekel vor mir selbst, oder besser: so was wie Hohn. Ich hatte das verdient. Ich war so scheiße, daß ich das verdient hatte. Und ich hielt mich daran fest, daß ich den Urwald rasieren würde, sobald ich zu Hause wäre. Das war das Allerwichtigste. Ich bin gegangen wie eine Maschine. Nach einer Stunde war ich daheim.«

»Geben Sie mir die Adresse von dem Kerl.«

»Das ist jetzt verjährt.«

»Ist es nicht, wenn ich Ihre Stimme höre. Das tut Ihnen heute noch so weh wie damals. Ich verprügle ihn, bis er Sternchen sieht.«

Er hatte recht. Meine Stimme klang wirklich winzig

und bröselig. Und mir war der Appetit vergangen. Ich würde keinen Bissen runterbringen.

»Ich hab keinen Hunger«, sagte er.

Ich weiß nicht wie, aber auf einmal lag meine Hand an seiner Taille und mein Kopf an seiner Schulter. Ich spürte, daß er seinen Arm um mich legte, er faßte mich locker an der Schulter an, und dann spürte ich auch noch, daß mir Tränen aus den Augen liefen. Ich machte kein Geräusch, kein Geschluchze oder Geschniefe, ließ einfach nur alles aus meinem Gesicht rauslaufen, was rauslaufen wollte. Und fühlte mich gut und geborgen und fast so wie damals, als ich noch zu meinem Vater gehen konnte, wenn irgendein Rätsel zu groß für mich war.

Er stellte den Herd aus, legte die Spaghetti ab, wandte sich mir zu und nahm mich in die Arme. Ich preßte mich an ihn. Ich wollte ihn in diesem Moment nicht verführen, ich hatte keinen Plan, und ich dachte nichts, ich heulte bloß. Es war einfach das richtige in diesem Augenblick: seine Arme um mich zu haben und mich an ihn zu drücken. Und ihn zu küssen. Und meine Hände auf seinen Hintern zu legen. Und seine Hände auf meinen Brüsten zu spüren. Seine Hose zu öffnen und seinen längst erigierten Penis zu befreien. Ich kann das mit einem Griff. Ich erkenne jede Unterhosenform mit den Fingerspitzen und weiß, welchen Weg ich nehmen muß. Ich setzte mich auf die Arbeitsplatte und ließ den Bademantel fallen. Ich hatte inzwischen seinen Gürtel gelöst und Hose und Unterhose nach unten gestreift. Wenn er jetzt einen Gedanken an seine Würde verschwendete, wäre alles vorbei. Aber er war, wie ich, ganz und gar auf das eine, einzige Ziel fixiert und drängte sich an mich und in mich, sobald ich meine Beine weit genug auseinander hatte. Ich heulte noch immer. Und war unendlich scharf auf ihn.

Den ersten klaren Gedanken faßte ich erst, als ich begriff, daß mich seine ruhigen Stöße erregten. Der will das nicht, dachte ich auf einmal, der tut es, aber will es nicht. Der Gedanke war wie Lärm in meinem Kopf oder Gift in meinen Adern, der Lärm wurde lauter und lauter, und das Gift wirkte stärker und stärker. Er wird sich schämen, er wird sich hassen, er wird sich wünschen, er könnte es vergessen, wird sich wünschen, er hätte es nicht getan – ich schob ihn von mir weg. »Sie wollen das nicht.«

Ich raffte den Bademantel um mich und schloß den Gürtel, ohne ihn dabei anzusehen. Dann hüpfte ich, sehr schnell, wie ich glaube, von der Arbeitsplatte, bückte mich, zog ihm Unterhose und Hose hoch wie eine Mama, all das so flink, daß er sich nicht überlegen konnte, was mit ihm geschah, zog den Reißverschluß seiner Hose zu und hakte den Gürtel ein. Dann küßte ich ihn.

Ich konnte, als ich mich von ihm gelöste hatte, den Ausdruck seines Gesichts nicht entschlüsseln. Entrückt, verärgert, hungrig, verzweifelt, blöde – ich weiß nicht, wie er dreinsah. Ich weiß nur noch, daß er nach seinem Jackett griff und sich wortlos aus dem Staub machte. Jetzt hatte ich Hunger.

16 Das war alles unlogisch. Nichts paßte zusammen. Ich rollte die Spaghetti auf die Gabel und aß mit Genuß, während ich mir darüber klarzuwerden versuchte, weshalb ich mich so albern verhalten hatte. Die E-Mail an seine Frau, mit der ich ihn verpfiff, und dann der Rückzieher. Ich brauchte ihn nicht mehr vor mir oder sich zu beschützen, das war vollkommen dämlich. Außerdem war er schon in mir drin gewesen, wir hatten es schon getan, es war zu spät, ihn wegzuschubsen, damit er seiner großen Liebe nicht untreu werden konnte. Ich dachte das Wort »Großeliebe« in sarkastischem Ton. Das heißt, ich weiß nicht, ob ich mit Ton dachte, ich weiß nur, daß ich es abfällig meinte. Ich hatte Lust auf ihn gehabt. Ich hätte es zulassen sollen. Für mich. Was ging mich seine Ehe an. Die hatte ich doch eh schon ruiniert.

Obwohl: Ich wußte nicht, ob der Plan seiner Frau auf eine Standpauke rauslaufen sollte oder auf eine Trennung. Diese Frau war nicht so wie die anderen. Sie war nicht eifersüchtig. Auch wenn er das glaubte, auch wenn sie sich ihm gegenüber vielleicht so aufführte – dieser Frau ging es um was anderes. Die wollte ihm eine Lehre erteilen. Vielleicht war es doch ganz gut gewesen, ihn nicht weitermachen zu lassen, vielleicht hatte ich ihn doch beschützt. Ihn seiner »großen Liebe« erhalten. Tolle Heldentat. Warum war ich nicht stolz auf mich?

Eins war sicher: Ich würde nichts mehr von ihm hören. Also Schluß damit. Fernsehen. Bad und Küche putzen. Katzen streicheln. Schlafen. Weiterleben bis zum nächsten Job. Und vergessen, daß mir das Geschichtenerzählen gutgetan hatte, daß ich zum erstenmal an einen Kerl geraten war, der mir hätte gefallen können. Für mehr und für länger als nur einen feigen Fick mit vorgetäuschtem Orgasmus. Von der Frau bezahlt. Was für ein absurder Beruf.

Ich löschte die Videodateien. In der Küche war keine Kamera, und außerdem brauchte ich sie nicht mehr. Ich küßte meine Familie der Reihe nach, kraulte jedes unterm Kinn oder hinterm Ohr, sagte ihnen: »Jetzt wird's wieder normal« und ging schlafen.

Und wachte mitten in der Nacht auf aus einem ekstatischen Traum mit Axel Behrendt, der mich zum Orgasmus trieb und stammelte, ich sei seine große Liebe. In Wirklichkeit war ich das selbst – ich hatte die Hand im Schoß und ganz offenbar im Schlaf masturbiert. Das war neu. Bei so was hatte ich mich noch nie erwischt. Josef stand neben mir und sah mich verschlafen und fragend an. »Entschuldige«, sagte ich. Sicher hatte ich mich herumgeworfen. Die Bettdecke lag halb auf dem Boden, und mein Leintuch war zerwühlt. Ich wußte nicht, ob ich mich amüsieren sollte oder heulen. Ich riß das Fenster auf und nahm ein paar Atemzüge von der warmen, schmeichelnden Nachtluft.

17 Vielleicht weil ich am Abend davon erzählt hatte, spürte ich auf einmal die Luft auf meiner Haut wie damals in dem kreisrunden Paradies. Und auf einmal reichte es mir nicht mehr, nackt am Fenster zu stehen, ich wollte raus. Am liebsten durch die Straßen spazieren. Das würde ich natürlich nicht tun, aber im Garten gab es genügend Stellen, die vom Licht der Straßenlampen nicht erfaßt wurden. Ich nahm zur Sicherheit den Schlüssel mit. Es war unheimlich. Ich fühlte mich jung. Nicht wie Mitte Dreißig und bis zum Angeödetsein erfahren, eher wie sechzehn und vor lauter Erwartung auf all die Schönheit einer wunderbaren Zukunft kitzlig, aufgeregt und nervös.

Ich verschwendete keinen Gedanken an die Mieter, die mich hätten sehen können, wenn sie aus irgendeinem Grunde wach am Fenster stünden, und legte mich hinterm Haus auf den Rasen. Und betrachtete den Mond. Und fühlte die Luft an mir wie geflüstert, wie gehaucht, wie ein vorsichtiges, leichtes Streicheln. Und schlief ein.

✧

Und wachte auf, weil irgendwas mich kitzelte. Zuerst dachte ich im Schreck, es sei Herr Sommer, Linus oder einer der beiden aus dem Dachgeschoß, ich wollte schon wegschlagen, was immer mich da berührte, aber dann sah ich, daß es Sabinchen war. Sie rieb ihr Kinn an meinem Knie. Und hinter ihr saßen Tino und Arlette. Sie waren mir hinterherspaziert und wollten sehen, wieso ich auf einmal auch nachtaktiv bin.

Ich mußte einige Zeit geschlafen haben, denn ich fror. Also beeilte ich mich, nach drinnen zu kommen und mir den Bademantel anzuziehen. Dann setzte ich Heißwasser für einen Kakao auf und fuhr den Computer hoch. Ich hatte mich schon früher hin und wieder in Chats herumgetrieben, vielleicht gab es einen für Schlaflose, und vielleicht würde mich interessieren, was da geredet wurde. Ich schaltete mich nie ein, machte nie mit, aber ich hörte, das heißt, sah manchmal ganz gerne zu.

Post von Sinecure. *Vergessen Sie das. Das sind olle Kamellen. Ich will neue. Ich zahle für bewegte Bilder, also liefern Sie gefälligst welche. Das Honorar schick ich Ihnen nur, wenn ich ein Video in der Hand halte.*

Diese blöde Kuh. Ich löschte die Mail und wußte nicht, wohin mit meiner Wut. Die tausend Euro konnte ich abschreiben. Dabei hätte ich ihn nur ins Schlaf- oder Wohnzimmer bugsieren müssen und könnte jetzt den schärfsten Porno schneiden. Ich hätte schon dafür gesorgt, daß die arrogante Ziege was zu knabbern hat. Daß sie mal sieht, wie Sex richtig geht. Und ich dummes Huhn hatte heldenhaft verzichtet. Auf den Kerl und auf das Geld. Ich bin doch eine Vollidiotin.

Eigentlich müßte man der Frau mal zeigen, daß nicht immer alles nach ihrem Kopf zu gehen hat. Wie wär's denn, wenn ich Herrn Behrendt wirklich ihre E-Mails zeigen würde? Den Spieß umdrehen? Ihm die Augen öffnen? Das hatte ich doch ohnehin vorgehabt. Wenn nicht nach Plan A, dann eben nach Plan B. Ich holte die Mail wieder aus dem Papierkorb und druckte sie zusammen mit den vorhergehenden aus. Wer weiß, was ich damit noch anfangen konnte. Nur zur Sicherheit. Für alle Fälle. Für Plan B. Falls ich mich dafür erwärmen sollte.

Merkwürdigerweise schlief ich gut und tief, ohne zu träumen und ohne mich von meiner Wut über das herrische Gebell dieser kurz angebundenen E-Mail weiter stören zu lassen.

Am nächsten Tag brachte ich den Mietwagen zurück und putzte die Wohnung. Die Katzen verziehen sich, wenn ich den Staubsauger anwerfe, so daß ich nicht mit ihnen diskutieren muß, wenn es darum geht, Haare, die ihrer Meinung nach am richtigen Platz sind und meiner Meinung nach am falschen, zu entfernen. Einmal im Monat mach ich das, dann kommt alles dran, Sofas, Sessel, Schlupfecken und Lieblingsplätze. Sie sind mir zwar immer ein bißchen böse, weil es hinterher nicht mehr gleich gut riecht, aber ich bin die Oberkatze. Ich hab das Sagen hier im Haus.

Ich rechnete nicht damit, noch irgendwas von Behrendt zu hören. Er war zu weit gegangen und würde sich in Luft auflösen. Falls ich mich dafür entscheiden sollte, ihm die E-Mails zu zeigen, würde ich ihn irgendwo überfallen müssen. Vielleicht bei sich zu Hause. Oder auf irgendeiner Lesung. Ich konnte ja mal im Internet nach ihm suchen. Vielleicht gab es eine Art Tourneeplan.

18 Ich ließ mir die Haare kürzer schneiden, ging in den Zoo, verbrachte Tage damit, nach einem Pullover zu suchen, und halbe Nächte mit dem Studium all der Internet-Einträge über Axel Behrendt. Ich las noch zwei seiner Bücher, stellte mir seine weiche Stimme vor bei manchen Sätzen, die Stimme, die er für seine Frau reserviert hatte, aber so wie das erste rissen mich die Bücher nicht mehr mit. Ich mochte sie, ich las sie gern, aber es war, als stünde der Mann, der echte Axel Behrendt, zwischen mir und der Geschichte, als wäre die Geschichte nicht das Wahre, weil der Mann das Wahre war. Ich hatte recht gehabt – er meldete sich nicht mehr.

Und auch von seiner Frau hörte ich nichts. Das paßte mir gut, denn je länger ich darüber nachdachte, desto sicherer war ich mir, daß ich Lust hatte, sie auffliegen zu lassen. Ich konnte mir nicht erhoffen, daß Behrendt mir dafür dankbar wäre, machte mir keinerlei Illusionen darüber, ihn irgendwie für mich angeln zu können, er würde mich verabscheuen für das, was ich ihm angetan hatte, aber je mehr Tage ins Land gingen, je mehr er zur Erinnerung wurde, desto stärker war mein Gefühl, ich sei ihm das schuldig. Er habe es verdient. So, wie er mich behandelt, mir zugehört, mich getröstet und mich ernst genommen hatte, war er was Besonderes. Jedenfalls für mich. Noch kein Mann hatte mich ähnlich berührt. Im doppelten Sinne. Seine Bücher, sein Benehmen, wenn er nicht gerade hochfuhr, seine Stimme, auch wenn sie nicht mir gegolten hatte, waren was Besonderes. Und die Art, wie er mich im Traum um den Verstand gebracht hatte, erst recht. Er würde mich hassen, aber wenigstens wäre er klüger hinterher.

Es gab nichts zu tun. Keine Anrufe. Aber die Jobs kommen sowieso nur sehr sporadisch herein, manchmal liegen zwei Monate dazwischen, so daß ich mir keine Gedanken machte. Ohnehin hatte ich das Ganze satt. Ich bin jung genug, was Anständiges zu lernen, wieso suchte ich mir nicht einen Job, der mich forderte? Aha. Meine Tage. Schon wieder ein bißchen zu früh.

Noch bevor mir klar war, daß ich überhaupt darüber nachgedacht hatte, stand meine Entscheidung fest: Ich fliege nach Paris. Ich fand im Internet einen Billigflug und ein hoffentlich hübsches Hotel und fragte Linus, ob er ein paar Tage hier unten wohnen wollte. Er war begeistert.

Seine Mutter zog ein säuerliches Gesicht, aber sie stellte sich nicht quer. Vielleicht erhoffte sie sich ein paar Einblicke, bestimmt war sie zerfressen vor Gier, herauszufinden, warum ich einfach so in den Tag hineinleben konnte. Auf die Wahrheit würde sie nicht kommen, denn meine Herrenbesuche waren zu selten. Und zu spät in der Nacht. Und sie hätte sicher längst versucht, mich aus der Wohnung zu werfen, wenn sie wüßte, wovon ich lebe.

Aber eigentlich lebe ich nicht wirklich davon. Es ist eher ein nettes Zubrot. Ich brauche nicht viel, das Haus ist renoviert und wird in den nächsten Jahren nicht neu gedeckt oder gestrichen werden müssen, ich selbst lebe bescheiden, mache keine teuren Reisen, esse kaum auswärts, außer wenn ich arbeite, und kleide mich nicht teuer. Das einzige, was wirklich Geld gekostet hat, waren die Wohnungseinrichtung, die Kameras, der überdimensionierte Computer und die paar schicken Kleider für meine Berufsausübung. Das alles hat sich schnell amortisiert, und seither spare ich. Auf mein Katzenleben später. Auch von den Mieteinnahmen bleibt fast immer was übrig, nachdem ich die Kosten für die Hausverwaltung, Steuern und Reparaturen abgezogen habe. Ich bin eigentlich eine flotte Rentnerin. Dank Murmi.

Mit ihr war ich schon mal in Paris. Vielleicht hatte ich mich deshalb so schnell entschlossen, wieder hinzufliegen.

19 Mein Hotel war im neunten Arrondissement, direkt gegenüber einer Synagoge, aus deren Portal sich, gerade als ich das Taxi bezahlte, eine Hochzeitsgesellschaft auf die Straße ergoß. Herausgeputzte Kinder, Frauen, Männer, die meisten von ihnen mit einem Fotoapparat oder einer Filmkamera im Anschlag. Die älteren Frauen mit Perücken, die Jungs und Männer mit diesen kleinen Käppis auf dem Hinterkopf. Ich beeilte mich ins Hotel zu kommen, denn ich hatte das Gefühl: Jede Sekunde, die ich länger dableibe und zusehe, versaut ein Bild. Mit meinem Touristendreß, Turnschuhen, Jeans und Pullover, gehörte ich eindeutig nicht dazu.

Das Zimmer war winzig, heruntergekommen und fast überall verspiegelt. Ich stand oder saß oder lag an so ziemlich jedem Fleck neben mir. In allernächster Nähe. Zu nah.

Normalerweise habe ich ein eher entspanntes Verhältnis zu meinem Spiegelbild – ich bin mir egal genug, um nicht jeden Mangel mit ätzender Selbstkritik herauszustreichen, zu beklagen oder zu verfluchen, jedenfalls war das bisher so gewesen –, aber diesmal zog ich die Vorhänge vor und ließ das Licht ausgeschaltet, weil ich mir in meiner Unförmigkeit und Blässe auf die Nerven ging.

Und draußen war es nicht viel besser. Ich fühlte mich falsch. Falsch angezogen, falsch untergebracht, in der falschen Stadt gelandet mit dem falschen Plan, nämlich: einen Menschen, der mich nichts mehr anging, unglücklich zu machen. Wenigstens das Wetter paßte. Es war grau und windig und schien auf Regen hinauszulaufen.

Ich ging den Boulevard Hausmann bis zur Opéra und dann über die Place Vendôme zur Seine hinunter. Ich wollte mir das Hilton ansehen, in dem Behrendt morgen absteigen würde, und weil ich keine Lust auf die Métro hatte, machte ich den ganzen Weg zu Fuß. Ich kenne mich noch ganz gut aus, mit Murmi bin ich eine Woche lang kreuz und quer gewandert, sie wollte mir alles zeigen, was ihr gefiel an Paris, was sie kannte, wovon sie mir erzählt hatte – alles, woran sie sich erinnerte aus den knapp zwei Jahren, die sie in den späten Fünfzigern hiergewesen war.

Wir hatten damals ein kleines Hotel in Saint-Germain gebucht, das einer ehemaligen Kollegin von ihr gehörte.

Das war vor sieben Jahren. Jetzt existierte es nicht mehr. Im Erdgeschoß war ein Antiquitätenladen, und die oberen Stockwerke sahen bewohnt aus. Ich hatte eigentlich vorgehabt, Murmis Kollegin guten Tag zu sagen und nach einem Zimmer für mich zu fragen, dann wäre ich den gräßlichen Spiegeln entkommen. Jetzt war ich enttäuscht. Und endlich fing es an zu regnen.

Zuerst sah ich mich nach einem Taxi um, fand keines weit und breit und überlegte, ob ich in die Métro fliehen sollte, aber dann, als alle anderen an mir vorbeihuschten, um ihre schicken Frisuren, Kostüme, Tops und Fähnchen nicht zu versauen, mußte ich lachen und stiefelte los in Richtung Eiffelturm. Die Stadt gehörte mir. Und ich war passend angezogen. Jeans, Turnschuhe, Dufflecoat – genau das Richtige. Perfekt.

Ich hatte mir die Adresse des Hilton nicht gemerkt, nur im Internet gesehen, daß es beim Eiffelturm lag, also suchte ich rechts und links des Parks danach, fand es aber nicht. Ich mußte die Seine wieder überqueren, hatte einen riesigen Umweg gemacht. Über die Champs-Élysées und den Trocadéro wäre ich viel schneller gewesen. Egal. Ich war noch immer guter Laune.

Aber als ich vor dem Hotel stand, ging ich nicht hinein, sondern setzte mich ins erste Taxi der wartenden Schlange. Eigentlich hatte ich mich in der Lobby umsehen wollen, mich entscheiden, welcher Variante der Kontaktaufnahme ich nun den Vorzug geben sollte, aber so pitschnaß, wie ich war, hätte ich schon Hotelgast sein müssen, um mich nicht vollkommen deplaziert zu fühlen. Es war schon schlimm genug, dem Taxifahrer seine

Sitze vollzutropfen. Ich entschuldigte mich bei ihm mit einem hohen Trinkgeld.

✧

Meine gute Laune hatte etwas gelitten, denn die Nässe drang langsam durch den Dufflecoat, und ich hatte keine andere Jacke, geschweige denn einen Regenmantel eingepackt, aber ich zog mich um, lieh mir von der Concierge einen Schirm und ging um die Ecke in ein kleines Restaurant, wo ich am Fenster saß und auf die Straße schaute, während ich eine leidlich eßbare Pizza verschlang. Und einen leidlich trinkbaren Chianti kippte. Ich wollte müde werden. So schnell wie möglich.

✧

Ursprünglich hatte ich mich im Hilton einmieten wollen, aber angesichts der Preise sofort umgedacht. Dreihundert oder mehr pro Nacht, das war es nicht wert. Es wäre einfach gewesen, von Zimmer zu Zimmer anzurufen und zu sagen: »Ich bin hier. Kann ich für eine halbe Stunde rüberkommen?« Länger würde ich nicht brauchen, um ihm zu erklären, was seine Frau mit ihm vorhatte, was mein wirklicher Beruf war, ihm die E-Mails zu zeigen und seine Enttäuschung und Verbitterung zu ertragen. Länger würde ich es auch nicht durchstehen. Jetzt blieb mir noch die Option, ihn im Hotel anzurufen, aber dann könnte er fliehen, könnte sagen: »Bleiben Sie mir vom Hals« und sich unerreichbar machen. Oder ich konnte ihm in der Lobby auflauern, ihn ansprechen, wenn er das Hotel verließ oder betrat, aber das war peinlich. Das war Belästigung. Und wenn ich stundenlang in der Lobby herumsitzen mußte, bis er endlich auftauchte? Dann stünde alle paar Minuten einer vom Hotel vor mir mit diesem typischen arroganten »Kann ich Ihnen helfen?«, der Frage, mit der man weltweit ungebetene Gäste expediert. Auch peinlich.

Eins war klar, ihm einen Brief zu schreiben kam nicht in Frage. Ich mußte ihm Auge in Auge gegenüberstehen und erklären, was vor sich ging. Vermutlich blieb mir keine andere Wahl, als an der Rezeption zu fragen, ob er da ist, und ihn dann anzurufen oder abzupassen. Am besten am frühen Abend. Nachdem sein Tagesprogramm, was auch immer das sein mochte, hinter ihm lag und bevor er das Abendprogramm in Angriff nahm.

Ich glaube nicht, daß er zum Vergnügen in Paris war – das teure Hotel würde er sich nicht aus eigener Tasche leisten, irgendwer, das Goethe-Institut, ein Verlag oder die Botschaft, mußte das spendiert haben. Also gab es ein Programm, in das er eingespannt sein würde, und ich mußte die Lücke finden, in der ich ihn für meine halbe Stunde loseisen konnte. Morgen abend zwischen fünf und sieben Uhr.

Murmi hatte Flug und Hotel schon gebucht und mich erst dann gefragt, ob ich sie begleiten wolle, so sicher war sie sich gewesen, daß ich ihr den Wunsch nicht abschlagen würde. Schon im Flugzeug redete sie wie aufgezogen. Als habe sie sich entschieden, mir ihr Leben zu erzählen. Heute tut es mir leid, daß ich viel zu oft nur scheinbar hinhörte, ihren Redefluß als Nebengeräusch nahm und meinen eigenen Gedanken nachhing, denn ich glaube, das, was sie da vor mir ausgebreitet hatte, war wirklich ihr ganzes Leben gewesen. Vielleicht war ich der einzige Mensch, der es von A bis Z erfuhr.

Jetzt wußte ich nur noch Bruchstücke, und selbst die mischten sich mit den Anblicken von Paris, die ich gleichzeitig in mich aufgenommen hatte, den Tagträumen, die ich damals mit mir herumtrug, und allerlei anderem inneren Geplauder, dem ich von Zeit zu Zeit ausgeliefert bin.

Und diese Bruchstücke mischten sich nun auch noch mit Skrupeln wegen meiner Niedertracht gegenüber Behrendt, dem ich seine Frau verleiden wollte, und störrischem Beharren auf dem Plan. Ich versuchte einzuschlafen. Es gelang mir nicht.

Und immer, wenn ich die Augen aufschlug, sah ich mir selbst beim Wachliegen zu. Der Chianti hatte nicht genügt.

Und der einzige deutsche Sender zeigte Gerenne, Geschrei, Explosionen oder Blut, wann immer ich versuchte, mich mit Fernsehen abzulenken, ein Buch hatte ich nicht dabei, ich würde mir morgen was zu lesen kaufen müssen.

Nachdem ich eine Weile aus dem Fenster geschaut hatte, mit einemmal von der Zwangsidee verfolgt, ein arabischer Terrorist könnte gerade heute, hier, sechs Meter von meiner Nase entfernt, die Synagoge in die Luft jagen, zog ich mich wieder an und ging nach draußen in die immer noch belebte Stadt.

Mir war unheimlich, wenn ich durch eine menschenleere Straße ging, aber es waren nur wenige Minuten bis zu den großen Boulevards, und dort, am Boulevard des Italiens, fand ich eine Brasserie, in der ich so tun konnte, als läse ich in einer herumliegenden *Paris Match*, während ich den fehlenden Wein nachschüttete. Irgendwann nach Mitternacht trottete ich schwammig und trüb nach Hause, ignorierte mein Spiegelbild und schlief endlich ein.

Die Synagoge stand noch, als ich erwachte, und am Himmel war keine einzige Wolke mehr. Wenigstens die Duschkabine war nicht verspiegelt, und meine Skrupel waren der festen Überzeugung gewichen, daß ich Behrendt die Aufklärung schulde und nur gegen meine eigene Feigheit ankämpfen müsse. Ich ging ins erstbeste Café, denn das kleine Frühstückszimmer neben der Rezeption hatte ich mit einem Blick als zu eng, zu voll und zu häßlich abgetan und mich nach draußen geflüchtet. Erst dort kam mir zu Bewußtsein, daß es auch noch verspiegelt gewesen war.

Nachdem ich mir in den Galeries Lafayette eine Sonnenbrille und einen leichten grauen Mantel gekauft hatte, der gut zwischen meine dunklen Haare und ausgebleichten Jeans paßte, brachte ich den immer noch feuchten Dufflecoat ins Hotel zurück und ließ mich treiben, sah mir Schaufenster an, Touristen, Pariser, landete irgendwann an der Place des Vosges, ging ein Stück durch die Rue Saint-Denis mit ihren Nutten, Kinos und Peepshows und verbrachte dann drei Stunden in einem Café am Boulevard Saint-Michel mit der Lektüre einiger unterwegs gekaufter Zeitschriften und meinem genießerischen Vergnügen an dem sonnigen Septembertag. Und ohne alle Skrupel. Ich war mir inzwischen sicher, daß diese ganze verwirrende, unprofessionelle und leidige Angelegenheit nur so aus der Welt zu schaffen sei.

Es war wie in einer amerikanischen Durchschnittskomödie: Als ich begriff, daß er es war, der da ins Schaufenster der Buchhandlung nebenan starrte, hielt ich mir automatisch die Zeitung vors Gesicht und versuchte gleichzeitig, in meinem Stuhl zu versinken. Wieso eigentlich? Wieso sprang ich nicht auf und ging zu ihm? Ich hatte nicht viel Zeit, über diesen Reflex nachzudenken, denn aus dem Augenwinkel, mit dem ich ihn die ganze Zeit über festgehalten hatte, sah ich nun, daß eine Frau zu ihm trat. Sie legte den Arm um seine Taille und zog ihn von der Auslage weg. Sie lachte, küßte ihn, und er legte seinen Arm zärtlich, freundlich, liebevoll und sehr vertraut um ihre Schulter. Dann gingen sie zum Glück nicht vorbei an mir, sondern aufwärts in Richtung Panthéon oder Jardin du Luxembourg davon. Ein einträchtiges liebendes Paar. Die Frau war nicht seine Frau.

✧

Ich wartete noch, bis sie außer Sichtweite waren, dann beeilte ich mich zu bezahlen und in die entgegengesetzte Richtung davonzuhasten. Im nächsten Reisebüro buchte ich auf den nächsten Flug um, nahm das nächste Taxi, ließ es warten vor dem Hotel und saß knapp drei Stunden später in der Lufthansa-Maschine nach Berlin.

Seltsamerweise dachte ich nicht an Axel Behrendt, den Heuchler, den pseudoheiligen, verlogenen Moralapostel, der sein Leiden an der Sünde mit gramverwaschener Miene vor mir ausgebreitet hatte – doch, ich dachte an ihn, er stahl sich immer wieder in meine Erinnerung an Murmi, die, zwei Tage nachdem wir aus Paris zurück waren, morgens, als ich sie zum Frühstück wecken wollte, mit starren Augen und offenem Mund in ihrem Bett lag und einfach nicht mehr da war. Ihre Haut war schon kühl, als ich ihr die Augen schloß, und ihr Gesichtsausdruck war leer. Ich hörte meine eigene Stimme sagen: »Das hast du gut gemacht, Murmi«, immer wieder sagte ich diesen Satz, während ich ihr mechanisch meine Tränen aus dem Gesicht wischte.

✧

Wir überflogen den Rhein, und ich hatte ein steifes Genick, so krampfhaft starrte ich, seit die Stewardessen mit einem Imbiß durchgegangen waren, aus dem Fenster. Ich wollte nicht, daß irgendwer mein Gesicht sah.

Ich weinte nicht um Murmi. Natürlich nicht. Ich weinte um mich selbst in einer Mischung aus Wut, Verachtung und Scham, weil ich mich so naiv und lieschenmüllerhaft von Herrn Behrendts grandiosem Selbstbildnis hatte blenden lassen. Mein Gott, was für eine doofe kleine Sülzkuh ich doch war. Ich müßte eigentlich darüber lachen. Wenn ich nicht so außerordentlich wütend gewesen wäre. Auf ihn, auf mich, auf diese Frau an seiner Seite und die andere, die mich in diese alberne Situation gebracht hatte, auf mein Leben, dieses leere, blöde Dahinvegetieren von einem seelenlosen Fick zum nächsten, und auf die Lufthansa, die mir nicht schnell genug flog.

Noch bevor ich in Tegel ins Taxi stieg, stand mein Entschluß fest: Ich kriege Axel Behrendt. Auf Video. So kommt er mir nicht davon.

20   Linus schien mir irgendwie verhuscht, wie er da in der Tür stand und »hallo« zu meiner Gürtelschnalle sagte. Er sah mir nicht in die Augen. Zuerst hatte ich Angst, irgendwas sei mit den Katzen nicht in Ordnung, aber sie empfingen mich alle heiter und gelassen mit der üblichen Lakonie, nur Tino veranstaltete sein Begrüßungsfest mit Geschrei und Geschmuse und ständigen fordernden Blicken zu mir hoch. Ich sollte mich alle zwei Schritte wieder hinknien und ihn kraulen, loben, besingen und streicheln. Die anderen kennen das und nehmen es ihm nicht übel. Seine Privilegien werden toleriert.

»Ging's gut?« fragte ich.

»Mhm«, sagte Linus.

Ich grub den Geldbeutel aus der Tasche, um ihm sein Honorar zu geben. Wir hatten zehn Euro pro Tag vereinbart. Aber als ich ihm einen Zwanziger und einen Zehner in die Hand legen wollte, zog er sie zurück. Er studierte den Teppich, und ich wartete.

Bis es mir reichte und ich fragte: »Was ist los? Bist du sauer auf mich?«

»Könnte ich denn was anderes kriegen?« fragte er den Teppich. Die Hände hatte er inzwischen in den Hosentaschen vergraben.

»Statt dem Geld? Was denn?«

Mich beschlich eine Ahnung, aber ich gab ihr keine Chance. Das bildete ich mir ein. Weil ich versaut bin und in Männern nur noch...

»Könnten Sie vielleicht mit mir...« Er brachte den Satz nicht weiter heraus, aber ich wußte auch so, was er meinte. Ich mag versaut sein, aber die Welt ist es eben auch.

»Du meinst, ich soll mit dir schlafen. Sex.«

Er antwortete nicht.

Jetzt bewies ich meine eigenen Heuchlerqualitäten: »Wie kommst du denn auf so eine Idee?«

Ich versuchte, meiner Stimme einen entrüsteten, zumindest aber ablehnenden und solch undenkbarem Ansinnen wehrenden Ton zu verleihen, aber das gelang mir nicht. Ich klang amüsiert. Ich hätte mir auf die Zunge beißen können.

Er schaute nur vielsagend zu meinem Computer. Und dann wieder zu Boden. Der Teppich war noch nicht ausgelesen.

Was bin ich doch für eine Idiotin. Jungs kennen sich mit Computern aus. Jungs sehen am liebsten Filme. Jungs haben kein Problem damit, eine Datei mit der Endung »mpg« als Film zu erkennen und draufzuklicken. Er hatte meine ganze Pornosammlung gesehen. Mit mir als Star. Verdammt. Wieso archiviere ich diesen Mist überhaupt? Früher, als ich noch mit einer normalen

Videokamera gearbeitet habe – ich mußte damals immer laut Musik laufen lassen, um ihr Surren zu kaschieren –, da habe ich doch auch kein Band aufgehoben. Ich habe sie abgeschickt und fertig. Aber seit ich auf diese kleinen, stummen, billigen Webcams umgestiegen bin, wuchs mein Archiv beständig, und ich habe jeden Kerl, der mir in den letzten beiden Jahren mein Sparbuch füllen half, auf der Festplatte. Keine Ahnung wieso. Der arme Linus. Er hatte ganz gewiß nicht viel geschlafen in den letzten beiden Nächten.

»Das kommt nicht in Frage«, sagte ich.

Er sah traurig aus, als er das Geld nahm. Ich legte noch einen Zwanziger drauf und bat ihn, unser Geheimnis für sich zu behalten. Ich schämte mich nicht vor ihm. Er hatte mich nackt gesehen, scheinbar haltlos, mit Geschrei und Gekiekse, in jeder nur möglichen Stellung, aus den verschiedensten Perspektiven, ich mußte für ihn die denkbar abgebrühteste Traumfrau der Welt sein, doch ich fühlte mich wie eine liebe Tante, die ihm leider den Zoobesuch abschlagen muß, weil sie was anderes vorhat. Er trollte sich. Ich ging unter die Dusche. Und vergaß nicht, das Fenster zu öffnen. Und sang laut »Chiquitita« vor mich hin.

Wieso tat ich ihm eigentlich nicht den Gefallen? Für ihn wäre es der Himmel und für mich kein Problem. Aber ich konnte dafür ins Gefängnis wandern. Man stelle sich vor, er verplappert sich stolz gegenüber irgendeinem Schulkameraden, der sagt es weiter, um ebenfalls anzugeben, und irgendwann landet die Geschichte bei Frau Sommer. Da steh ich fünf Sekunden später vor Gericht.

Hoffentlich kam er nicht auf die Idee, mich zu erpressen. Besser, ich löschte vorsichtshalber alle Videodateien, dann wären die Kameras der einzige Beweis. Ach quatsch, was überlegte ich mir denn da für einen Unsinn. Welcher Polizist würde auf die Anschuldigung hin, ich hätte Schweinkram auf der Festplatte, meine Wohnung durchsuchen. Blödsinn. Und Linus würde mich nicht erpressen. Er würde sich drum reißen, meine Katzen zu hüten. Weiter nichts.

21 Ich saß den ganzen Abend vor dem Fernseher, Valentino auf dem Schoß, Josef zu meinen Füßen, Arlette auf der Sofalehne, Fee und Sabinchen auf dem Teppich, eine Kanne Kräutertee in Reichweite und den Heuchler Behrendt im Kopf. Nein, eigentlich hatte ich nicht ihn im Kopf, sondern die Frage, wie ich Kontakt aufnehmen sollte. Zu einer Lesung fahren? Das ginge. Aber ich riskierte, ihn dort mit der nächsten Frau zu überraschen oder noch mal mit der aus Paris, vielleicht folgte die ihm ja, war seine Reiseaffäre, vielleicht war es gar die ominöse Schwester, deren Verlockungen er endlich erlegen war, nachdem er seine Schuld gebeichtet und damit gut katholisch den Weg für neue Sünden freigeschaufelt hatte. War ich schuld daran? Hatte ich ihm Absolution erteilt? Vermutlich ja. Ich hörte mich noch sagen, das sei alles nicht so schlimm, er solle sich nicht so haben, er lebe im falschen Jahrhundert. Jetzt hatte er sich nicht mehr so, und mir war's auch wieder nicht recht. Er hatte mich verschmäht und vergnügte sich fröhlich mit der. Obwohl, das stimmte so nicht. *Ich* hatte mich *für ihn* verschmäht. Er nicht. Er war schon feste dabeigewesen, als ich seine Ritterehre unserem Vergnügen vorgezogen hatte.

Sollte ich ihm zu Hause auflauern? Um die Hecke schleichen und den Moment abpassen, wenn seine Frau zum Einkaufen fährt? Unmöglich. Kam nicht in Frage.

Ihn wieder anlocken? Aber wie?

✧

Keine Angst, ich werde Sie jetzt nicht mit E-Mails bombardieren. Dies ist nur ein einmaliges Angebot. Einmalig natürlich im Sinn des Wortes, nämlich, daß ich es nicht wiederholen werde. Sie wollten doch so gern meine Geschichte hören und haben sich in Luft aufgelöst, bevor ich sie fertig erzählen konnte. Sollten Sie also den Schluß noch wissen wollen, dann melden Sie sich einfach, wenn Sie das nächste Mal in Berlin sind. Vera.

✧

Mein Anrufbeantworter hatte vier aufgelegte Anrufe auf dem Display, also wunderte ich mich nicht, als das Telefon klingelte und eine verzweifelte Frau aus Halle meine Dienste verlangte. Ihre Stimme klang jung und vertraulich, als sie mir erklärte, daß ihr Mann eine kleine Wohnung in Schöneberg habe, wo er viel zu oft das Telefon nicht abnehme. Ihr sei schlecht vor lauter Kummer, Wut und Eifersucht. Seit einem halben Jahr.

»Sie wissen, daß Sie auch einen Detektiv nehmen könnten?« fragte ich. Das mach ich manchmal, wenn mir die Frauen leid tun. Ich versuche, ihnen zu erklären, daß sie sich irren könnten und ein Detektiv womöglich dieses bessere Ergebnis herausbekäme. Wenn ich mich engagiere, ist das Ergebnis auf jeden Fall schlecht.

»Ich weiß, daß er's tut«, sagte sie. »Er ist mir nur über. Ich halt's einfach nicht mehr aus.«

Zwei Tage später hatte ich Geld, Foto und einen Zettel mit Adresse, Stammkneipen und Arbeitsstelle im Briefkasten und machte mich ans Werk. Ich verbrachte den Tag in einem lauten Café und den Abend in einer ebenso lauten Kneipe. Ich trug enge knielange Hosen und ein korsettähnliches Top und hatte schon am ersten Abend Erfolg. Er war mit Freunden oder Kollegen da, aber er ließ die Augen nicht von mir. So wie die meisten in dem Laden, aber ihm gab ich den einen oder anderen forschenden Blick zurück. Er sprach mich nicht an, bis seine Kumpels einer nach dem anderen verschwunden waren. Erst als die Kneipe sich fast vollkommen geleert hatte, drehte er sich um zu mir, die Theke, an der er den ganzen Abend gestanden hatte, im Rücken, und sah mich an, als entdecke er eben erst, daß ich da war.

Ich hatte schon den ganzen Abend einen Schreibblock vor mir liegen und machte kleine Notizen. Er kam her.

»Daß Sie sich hier konzentrieren können. Darf ich?« Er legte die Hand auf eine Stuhllehne. Ich nickte, und er setzte sich. »Was ist das denn?« fragte er mit Blick auf meinen Block, den ich jetzt zuschlug und in der Tasche verstaute, denn ich wollte nicht, daß er die Männchen und Smileys und Blümchen sah, die ich gekritzelt hatte. »Notizen für einen Artikel über den Einheitsbrei im Radio heutzutage.«

»Ich bin Musikredakteur beim MDR«, sagte er und trank einen Schluck von seinem Whisky. Sicher der fünfte oder sechste an diesem Abend. Er schien einiges zu vertragen, denn er sprach vollkommen klar.

»Was? Das ist irre«, sagte ich, »kann ich Sie ein paar Sachen fragen? Ich könnte das eine oder andere Originalzitat brauchen.«

»Unter zwei Bedingungen.«

»Ja?«

»Erstens, Sie lassen meinen Namen aus dem Spiel, dann macht's auch mehr Spaß, weil ich dann nämlich vom Leder ziehen kann, und zweitens, wir gehen irgendwo hin, wo es ruhiger ist. Hier versteht man sein eigenes Wort nicht.«

»Gern«, sagte ich, »wenn Sie wollen, zu mir. Ruhiger geht's gar nicht.«

Und so weiter, und so weiter, der Small talk im Taxi, der Champagner, das Verschütten, das Umziehen, der zu locker geschnürte Bademantel und dann das planmäßig spontane Übereinanderherfallen. Sein Schwanz war krumm, sein Rasierwasser penetrant, er hatte Schuppen, rammelte grob und kam trotz des vielen Alkohols nach zwei Minuten. Danach verbarg er nur mühsam seine schlechte Laune und verzog sich, sobald er seine Kleider wieder beisammenhatte. Allerdings nicht ohne nach meiner Telefonnummer zu fragen. Ich gab ihm eine falsche.

Ich ging unter die Dusche und schnitt hinterher die hübschesten Szenen aus den zwei Minuten zusammen – wie immer mindestens eine, in der zweifelsfrei sein Gesicht zu erkennen ist, und den Rest möglichst so, daß er die Penetration nicht leugnen kann. Als ob es darauf ankäme.

Ich überspielte die Datei auf Video, packte ein, adressierte, und mein Tagwerk war getan.

Die nächsten beiden Wochen vergingen ohne Jobs. Das Wetter wurde schlecht, Frau Sommer machte sich hektisch im Garten zu schaffen, sie verstümmelte wie jedes Jahr die Büsche, harkte wie besessen die ersten gefallenen Blätter vom Gras und faßte sich, wann immer sie glaubte, daß jemand hersah, mit leidvoller Miene ins Kreuz.

Linus schlich um mich herum, sooft er konnte, aber ich blieb hart. Und ich langweilte mich. Kein Großputz, keine Update-Orgie am Computer und kein Lesemarathon konnten mich davon ablenken, daß mir mein Leben nicht mehr gefiel. Das verdankte ich dem heiligen Axel.

Auf einmal wollte ich irgendwo dazugehören, wollte mit Menschen zu tun haben, wollte was lernen, was können, was erreichen oder scheitern, kam mir selbst vor wie ein Vorschlag, den alle überhören. Ich schob diese Stimmungen nicht mehr auf meine Periode. Ich war durchgehend deprimiert. Und konnte mich zu nichts entschließen.

In Wirklichkeit wartete ich die ganze Zeit, daß mein Lockruf auf Gehör getroffen sei und Behrendt sich melden würde, und ich wurde desto lahmer und verzagter, je länger seine Reaktion ausblieb. Ich legte stundenlang Patiencen.

✧

Er klang nervös: »Ich lese morgen abend in Potsdam, wenn Sie Lust hätten zu kommen, es ist in der Buchhandlung Sielmann, zwanzig Uhr. Danach hab ich zwei Tage frei, an denen ich Ihr Angebot gern wahrnehmen würde. Wenn es noch gilt. Ich bin wieder im Residenz, aber Sie könnten mich auch auf dem Handy erreichen. Null-eins-sieben-zwo-sechs-acht-null-fünf-null-fünf-drei. Ich glaube, ich würde mich freuen.«

Ich stellte die Einkaufstüte ab und spulte zurück. Dann hörte ich den Text noch einmal ab. Eindeutig. Er war nervös. Die Worte klangen so, als hätte er sie vor sich auf einem Zettel stehen, um sich nicht zu verhaspeln. Ich weiß nicht, ob ich erleichtert oder aufgeregt war. Oder triumphierte.

22 Den Mietwagen sparte ich mir diesmal und nahm die S-Bahn. War der Porsche eben wieder in der Werkstatt, falls er fragte. Ich hatte schon die Tür hinter mir geschlossen, als ich noch mal umdrehte und den hellgrauen Mantel wieder auszog. Er gefiel mir nicht mehr. Und das Wetter war auch nicht mehr danach. Ein heftiger Wind fegte Blätter durch die naßkalte Luft. Da paßte der blaue Dufflecoat viel besser. Ich kam zu spät.

Behrendt las schon. Ich mußte neben der Tür stehen bleiben, weil kein einziger Stuhl mehr frei war. Da saßen vielleicht fünfzig, vielleicht siebzig Leute und lauschten seiner Stimme. Er hatte einen Stapel Manuskriptseiten vor sich, und ich kannte den Text nicht. Vielleicht war es schon das neue Buch. Ich konnte mich nicht konzentrieren.

Das war ein anderer Mensch, der da vorn auf dem kleinen Podium saß und mit leiser Stimme ins Mikrofon sprach. Er hatte Charisma. Nach kurzer Zeit zog er auch mich in seinen Bann, und ich vergaß, mir die Leute anzusehen, mir zu überlegen, was ich sagen würde nachher, meine Enttäuschung über seine Verlogenheit, ich vergaß alles. Ich hörte zu.

Seine Stimme war fast die, nach der ich mich gesehnt hatte – es war eine Variation der privaten, liebevollen und weichen Stimme. Wie kam das? Wen liebte er? Sein Publikum oder seinen Text?

✧

Noch während des Applauses verlor er seine Präsenz und Dominanz, schon im Aufstehen wurde er wieder linkisch und scheu, und schon die Blicke, die er ins Publikum warf, um sich mit einem Lächeln bei der einen oder anderen besonders laut klatschenden Hörerin zu bedanken, wirkten verlegen und so, als wünschte er sich egal wohin, nur weg von hier. Eine seltsame Verwandlung.

Er sah sich im Raum um, suchte nach mir, aber gleich war er von Leuten umringt – fast nur Frauen –, die ihn bedrängten mit Fragen oder ihm Bücher hinhielten, die er signieren sollte. Ich verzog mich nach draußen.

Eine Hand krallte sich in meine Schulter und riß mich herum. Der Radioheini stand vor mir. Sein Gesicht war schwammig, er war offenbar betrunken, außerdem unrasiert und verlottert. Also hatte ich ganze Arbeit geleistet.

»Was sind Sie denn für eine miese Fotze?«

»Was ist das denn für eine tolle Frage?«

Er schnaubte verächtlich und starrte mich an. Ich glaube, ich verdankte es nur den Besuchern, die jetzt hinter uns aus der Buchhandlung strömten, daß er mich nicht noch schnell mit einem Faustschlag ins Gesicht niederstreckte. In einer stillen Gasse hätte ich ihm nicht über den Weg laufen dürfen. Da hätte er mich vermöbelt. Er trollte sich.

Die nächste Hand, aber diesmal vorsichtig. Ich drehte mich selbst um.

»Was war das denn?« fragte Behrendt. Er sah besorgt und verärgert aus. Er mußte den Dialog mitgekriegt haben.

»Eine der Schattenseiten«, sagte ich.

»Ich bin froh, daß Sie gekommen sind«, sagte er, als wir endlich im Taxi nach Berlin saßen. Es hatte ewig gedauert, bis er sich losreißen konnte, der Buchhändler war sichtlich enttäuscht. »Haben Sie noch Hunger? Wollen wir was essen?«

Ich hatte tatsächlich Hunger, und wir ließen uns an dem kleinen Restaurant in der Meinekestraße absetzen. Hier hatte unser allererstes Treffen stattgefunden, der minutenkurze Gesprächsabsturz, gefolgt von meinem wütenden Abgang. Und von hier waren es nur ein paar Schritte zu seinem Hotel.

»Ich denke andauernd über Sie nach«, sagte er zur Speisekarte, »ich glaube, ich würde Sie tatsächlich gern zur Figur in einer Geschichte machen. Wenn Sie einverstanden sind.«

»So denken Sie über mich nach? Als Figur für eine Geschichte?«

»Nicht nur. Alles andere geht mir auch nicht aus dem Kopf. Ich kenne mich selbst nicht mehr. Bisher war ich mir eigentlich sicher, ich wüßte, wer ich bin, was ich kann, was ich will und was nicht, aber jetzt ist alles ein großes Gemisch, und ich mißtraue mir. Inzwischen glaube ich, die Geschichte, die ich über Sie schreiben könnte, würde mir da raushelfen. Am Ende wäre es vielleicht so, als hätte ich Sie erfunden. Ich stelle mir vor, die Gefahr, die von Ihnen ausgeht, wäre dann gebannt. Als Geschöpf meiner Phantasie wären Sie ... ach, das läßt sich nicht erklären. Ich versuch's immer wieder, aber es geht nicht. Wären Sie denn einverstanden? Wenn ich Ihr wirkliches Leben in eine Erfindung überführe?«

»Ja. Wieso nicht. Vielleicht wär ich sogar stolz drauf.«

»Verzeihen Sie mir meine Flucht?«

»Sie hatten alles Recht dazu.« Jetzt tat ich heroischer, als mir zumute war. Ich fing schon wieder zu schauspielern an.

»Recht hat nichts damit zu tun, ob Sie mir verzeihen oder nicht«, sagte er, und ich spürte sofort meine Zehen. Da war er wieder, der arrogante Besserwisser.

»Könnten Sie mal eine Weile auf Zurechtweisungen verzichten? Ginge das?«

Er grinste breit und legte die Speisekarte vor sich hin. »Bin ich froh, daß ich Sie noch auf die Palme bringen kann.«

Ich verkniff mir eine Antwort und sah ihn nur an. Bis er wieder ernst wurde und irgendwann, viel leiser als bisher, sagte: »Ich bin tatsächlich völlig durcheinander seither.«

»Mir geht's ähnlich«, sagte ich und überraschte mich selbst damit. Das war die Wahrheit. Ohne Not und Absicht ausgeplaudert.

»Ich will mich nicht verlieben.«

»Das kann man sowieso nicht wollen.«

»Vielleicht. Aber man kann sich wehren dagegen.«

»Vielleicht.«

Der Anblick essender Menschen ist ja nicht gerade attraktiv. Da kann man noch so manierlich mit Besteck und Serviette hantieren, es geht trotzdem darum, sich weiche Dinge in den Mund zu befördern, sie dort, unter Umständen sogar geräuschvoll, zu zerkleinern und zu schlucken, man bläst die Backen auf dabei, das Gesicht gerät aus der Form, und jeder weiß, man versorgt Magen und Darm mit einem Brei, dessen Reste am nächsten Morgen auf die denkbar unappetitlichste Art und Weise wieder aus einem herausfallen werden. Seltsam, daß man ißt, wenn man sich näherkommen will. Oder ist das schon die erste vorweggenommene Intimität? Ich mochte es, wie er aß, sein Umgang mit dem Besteck war beherzt und doch wie nebenbei, und seine sichtliche Freude über die gute Küche übertrug sich auf mich.

Ich konnte inzwischen umgehen mit meiner Ambivalenz und sprang locker von einer Haltung zur nächsten. Der eine Satz wurde von der professionellen Männerjägerin gesprochen und der andere von einer Frau, die sich preisgab, die Nähe und Vertrautheit suchte, sich öffnete und Offenheit ertrug. Und ich genoß das Flirren, das Unklare, das Changieren und Melee, und irgendwann vergaß ich, mich zu kontrollieren. Ich wollte nicht mehr unterscheiden, wollte nicht mehr wissen, was ich tat, ich ließ mich treiben und vertraute dem Moment.

Ich fragte ihn über sein Buch aus, und diesmal gab er mir Auskunft, kam richtig ins Reden, verfranste sich gelegentlich in Details, und ich konnte ihm einfach nur zuhören, bis er sich irgendwann unterbrach, den leergegessenen Teller von sich schob und sagte: »Sie haben mich gerettet. Danke.«

»Das war aber leider lächerlich«, sagte ich, ohne ihn dabei anzusehen.

»Wieso?«

»Sie haben jetzt genausoviel zu verbergen. Der Abbruch war völlig sinnlos.«

Es war spät, und die Kellner hatten sich mit einigem Räuspern, Wischen, Stühlerücken und Lüften bemerkbar machen müssen, um uns endlich zu verjagen. Wir standen auf der Straße, und er sah unschlüssig drein. Überlegte, ob er mich auf sein Zimmer bitten sollte, kämpfte mit sich, er wollte und wollte nicht. Ich nahm ihm die Entscheidung ab, indem ich einem Taxi winkte, meine Hand auf seinen Arm legte und sagte: »Bis morgen. Rufen Sie an. Okay?«

»Okay«, sagte er. Es klang erleichtert. Ich stieg ein.

23 Eins hatte ich inzwischen begriffen. Es ging langsam bei diesem Mann, und es ging über die Sprache. Sein Vertrauen, eine gewisse Entspanntheit und vor allem seine emotionale Anwesenheit gewann man nur mit Geschichten, mit Worten, mit Vorstellungen, die man in seinem Kopf erzeugte. Ein Körper wie meiner genügte hier nicht. Dieser Mann war tatsächlich die Ausnahme. Er war nicht in der Lage, seinem Trieb zu folgen, er mußte sich erst überlisten. *Ich* mußte das tun.

Ich war sehr zufrieden mit mir, als ich ins Bett ging. Ich hatte es geschafft, alle Nähe wieder zurückzuerobern, und konnte gelassen seinem Anruf morgen entgegensehen.

Der kam jedoch erst kurz nach vier. Bis dahin war ich längst nicht mehr gelassen. Er hat gekniffen, dachte ich immer wieder, je öfter ich das Telefon umschlich, und ich Idiotin habe ihm die Gelegenheit dazu verschafft. Wieso nicht geradeaus ins Bett und vor die Kamera. Nein, ich mußte Tausendundeine Nacht spielen. Erst Geschichten hören, labern, sein Gehirn verführen. Scheiße. Ich dumme Kuh.

Als er endlich anrief, war ich schon drauf und dran gewesen, zu ihm zu fahren. Ich hatte meine Stimme kaum unter Kontrolle, ich krächzte und mußte mich räuspern.

»Tut mir leid«, sagte er, »meine Agentin hat mich überfallen, und ich konnte sie nicht einfach stehenlassen. Mir ist keine schnelle Lüge eingefallen.«

»Schon gut«, sagte ich, inzwischen ohne zu krächzen, »was machen wir?«

»Spazieren und Spaghetti. Alte Schulden abtragen. Sie erzählen die Geschichte, ich koch die Spaghetti.«

Ich hatte einen Strauß Astern auf den Glastisch gestellt. Und ein paar Gewürze aus dem Büro mitgebracht. Pfeffer, Salz, Origano. Eigentlich hätte es mir gefallen, in den Park hinterm Schöneberger Schloß zu gehen, aber der Himmel war schwarz, also plädierte ich dafür, den Spaziergang zu streichen.

»Okay, dann Whisky und Spaghetti. In der Reihenfolge.«

Als er ankam, war er nur knapp dem gewaltigen Regen entwischt, es begann zu schütten, als ich die Tür hinter ihm schloß.

Er sah die Blumen.

»Schön«, sagte er.

Ich wollte Licht anmachen, aber er bat mich, es aus zu lassen. »Düsterlicht ist gut zum Erzählen.«
»Und gut zum Betrinken.«
»Nein. Ich trink nur ein Glas. Will noch was von dem schönen Wein hier haben«, und er hob die mitgebrachte Flasche und stellte sie mit den anderen Sachen in die Küche.

Ich war fast eine Stunde unterwegs gewesen, als ich nach Hause kam. Und hatte die ganze Zeit nur daran gedacht, daß ich den Urwald zwischen meinen Beinen rasieren mußte. Stur wie eine Maschine, die nur eine einzige Aufgabe mit stetiger Präzision erledigt, hatte ich einen Schritt vor den anderen gesetzt, um nach Hause und ins Badezimmer zu kommen. Das Wetter war schön, und ich weiß noch, wie es roch, wie die Gerüche wechselten, als ich aus dem Wald kam, durch die Weinberge, dann Weizen- und Rapsfelder und schließlich die Gärten mit ihren Obstbäumen, Blumen und Salatköpfen.

Dieses dunkle Dreieck war ein Makel. Stefanies war blond und spärlich, nicht so dicht wie meins, komisch eigentlich, daß sie mich nie darauf aufmerksam gemacht hatte. Vielleicht um ihren Vorteil nicht zu schmälern? Ich hatte mir, immer wenn ich den Bikini anzog, mit einer Nagelschere die herausschauenden Härchen weggeschnitten und mir nichts weiter gedacht dabei. Das war eben so. Da mußte erst Marc daherkommen mit seinem gläsernen Kameraauge und mir sagen, daß ich widerlich aussehe.

Meine Mutter hatte eine Freundin zu Besuch. Ich wollte an ihnen vorbei nach oben, aber sie rief mit ihrer zuckersüßesten Stimme: »Schatz, wie war die Flötenstunde?«

»Keine Ahnung«, sagte ich und verzog mich aus ihrem Gesichtskreis. Diese süße Stimme hatte sie immer parat, wenn Besuch da war. Sie spielte aller Welt die liebende Mutter vor.

Ich wusch mich zuerst, denn ich wollte nichts berühren, was vielleicht noch von Roman an mir kleben konnte, dann nahm ich den altmodischen silbernen Rasierer meines Vaters und setzte mich auf den Badewannenrand. Ich benutzte keinen Schaum, denn ich wollte genau sehen, was ich tat. Es würde zwar mehr weh tun so, aber das war mir egal. Nein, es war mir sogar recht. Ich glaube, ich wollte, daß es weh tut. Zumindest nahm ich es in Kauf als Preis für meine Blödheit, mich von Roman so verarschen zu lassen. Es sollte weh tun. Und das tat es.

Ich erstarrte, als ich die Schritte meines Vaters hörte, der aus seinem Arbeitszimmer kam. Ich saß einfach bloß da, wenn er jetzt hereingekommen wäre und mich gesehen hätte, die Beine weit auseinander, den Rasierer seitlich angesetzt und eben dabei, den ersten kleinen Busch wegzuschaben – ich wäre vielleicht ohnmächtig geworden. Aber er klopfte an die Tür und fragte: »Vera, bist du da drin?«

»Ja«, sagte ich und versuchte, meiner Stimme einen

normalen Klang zu geben. Das klappte. Er ging wieder zurück.

Es tat sogar höllisch weh. Inzwischen war das Haar wieder fast trocken, und mir kamen die Tränen, als ich die ersten Züge machte. Es war schlimmer, als Beinhaare mit Wachs abzureißen. Und dann rutschte ich mit dem Fuß auf dem nassen Boden aus. Ich hielt mich fest, um nicht vom Wannenrand zu fallen, und verriß gleichzeitig den Rasierer so, daß ich ihn nicht mehr quer zu den Haaren, sondern in Längsrichtung zog. Es blutete sofort. Und es blutete stark.

»Papa«, schrie ich und ließ den Rasierer fallen. Sofort stand er in der Tür, erfaßte wohl sogar gleich, was passiert war, denn er kniete sich vor mich hin, preßte die rechte Hand auf den Schnitt und versuchte, mit der linken an das Klopapier zu kommen. Er reichte nicht bis dort. »Kommst du da dran?« fragte er, »reiß mal was ab, wenn du kannst.« Ich versuchte es, bog mich, so weit es ging, nach rechts und erreichte die Klorolle, zog und zog, und dann stand meine Mutter in der Tür. Hinter ihr die Freundin. Und beide mit zuerst einem unsäglich blöden, dann unerträglich entrüsteten Ausdruck im Gesicht. Sie verschwanden einfach wieder. Waren weg wie ein Spuk. Mein Vater hatte sie gar nicht bemerkt. Er hatte es jetzt geschafft, Papier auf den Schnitt zu legen, und bat mich, die improvisierte Kompresse festzuhalten, dann stand er auf, um nach einem Pflaster zu suchen. »Ich glaube, das ist nicht schlimm«, sagte er, »wenn es aufhört zu bluten, heilt es auch schnell.« Er hatte Pflaster gefunden und legte es mir auf. Das würde beim Abziehen noch mehr weh tun als das Rasieren.

Er atmete tief ein. »Wieso willst du dich denn da verschönern?« fragte er, »ist das jetzt Mode? Muß man das als junges Mädchen? Wieso machst du so einen Blödsinn mit?«

»Danke, Papa«, sagte ich nur. Ich hatte jetzt beide Hände draufgelegt, und er schloß schnell die Tür, als er sah, daß ich mich vor ihm schämte.

Noch bevor ich ganz angezogen war, dämmerte mir, was meine Mutter und ihre Freundin denken mußten. Mein Schrei konnte für sie wie Protest geklungen haben, und dann fanden sie meinen Vater, mit der Hand zwischen meinen Beinen. Ich mußte mich setzen, mein Kreislauf machte nicht mehr mit.

Ins Gesicht meiner Mutter stand der blanke Haß geschrieben. Haß auf mich, nicht auf meinen Vater, der oben in seinem Arbeitszimmer saß und keine Ahnung hatte von der Katastrophe, die sich jetzt gerade, hier, direkt unter ihm, mitten in seinem Leben, in seiner Familie, seinem eigenen Haus anbahnte. Ich hatte mich aufgerappelt, denn mir war klar, ich mußte meiner Mutter sofort erklären, daß sie sich irrte. Ihre Freundin sah den Boden an und wagte nicht, den Kopf zu heben.

»Mama, das ist nicht so, wie du denkst«, sagte ich. Den lächerlichsten Satz der Welt, der alle Hilflosigkeit und alles Ausgeliefertsein an eine Situation enthält, die man nicht mehr zu beherrschen vermag. »Ich wollte mich da bloß rasieren und hab mich geschni...« Es klingelte an der Tür. Meine Mutter ging nach draußen.

Ich hörte gleichzeitig die Schritte meines Vaters auf der Treppe und die Schritte meiner Mutter und einer weiteren Person im Flur. Dann stand mein Vater in der Tür und sagte: »Das ist nicht zu glauben, was sich die Kinder heutzutage antun«, als er registrierte, daß da nur die Freundin saß, und verstummte.

Und jetzt stand meine Mutter in der anderen Tür und hinter ihr ein Polizist, der sagte: »Herr Sandin, bitte kommen Sie mit.«

Mein Vater verstand sofort, was da vor sich ging. Zuerst sah er mich an, dann meine Mutter, dann versuchte er, etwas zu sagen, aber er brachte keinen Ton heraus.

»Das ist alles Quatsch!« schrie ich, denn ich hatte das Gefühl, es gehe um Sekunden. Aber ich wurde ignoriert. Der Polizist sagte noch einmal: »Herr Sandin, ich muß Sie bitten mitzukommen«, und meine Mutter sah wieder mit dieser nackten, vom Haß verzerrten Fratze auf mich. Mein Vater war kalkweiß und auf einmal ganz ruhig. Er schlug zuerst meine Mutter ins Gesicht und dann den Polizisten, er gab ihnen Ohrfeigen, als wären sie dumme oder freche Schüler, dann ging er wortlos an dem Polizisten vorbei. Zur Haustür und nach draußen. Zum Polizeiwagen, in den er sich reinsetzte und darauf wartete, daß der verdutzte Polizist ihm folgte. Das sah ich aus dem Küchenfenster.

Draußen raste der Regen. So mußte es in den Tropen sein. Behrendt hatte seinen Whisky nicht angerührt und saß da, versunken, eine Silhouette im Dunkel, er hätte auch eine Projektion sein können, Einbildung, eine Figur meiner Phantasie, die ich mir zum Erzählen als Gegenüber erschaffen hatte. Aber noch die Silhouette schien mir angespannt und aufgewühlt. Und jetzt nahm sie einen Schluck und sprach: »Das ist schier nicht auszuhalten. Wie alt waren Sie da?«

»Noch fünfzehn«, sagte ich.

»Ich wage nicht, mir vorzustellen, wie die Geschichte weitergeht«, sagte er.

»Das müssen Sie auch nicht. Ich erzähl's.«

24 Der Arzt riß das Pflaster ab und fotografierte den Schnitt. Dann fuhrwerkte er in mir herum, nahm einen Abstrich und veranstaltete alles mögliche mit mir, immer unterbrochen von Notizen, für die er sich an seinen Schreibtisch setzte. Währenddessen lag ich in diesem Stuhl, die Beine in der Luft, meinen Unterleib seinen Blicken und denen der Sprechstundenhilfe ausgesetzt, die mehrmals hereinkam und sich flüsternd mit dem Arzt besprach. Wie widerlich die Situation war, wußte ich nur im Kopf. Mein Gefühl war nicht beteiligt, denn die Gedanken an meinen Vater, an das, was ihm jetzt gerade passierte, die Fragen, die man ihm jetzt stellen würde, den Verdacht, der so ungeheuerlich mit jeder Frage auf ihn prallen mußte, das alles machte mich so krank, daß ich weder das gütige Getue des Arztes noch seine kalten Handschuhfinger in mir und an mir, noch das Entwürdigende und Beschämende an der ganzen Situation zu mir vorließ. Es war wie ein Bild, das ich ohne Interesse betrachtete.

Und als ich später bei der Polizei einer sich ebenfalls gütig gebenden Frau erklären sollte, woher das Sperma stammte, das man in mir gefunden hatte, und sie mir nicht glaubte, daß es von einem Jungen war, mit dem ich geschlafen hatte, da schrie ich nicht, tobte nicht, heulte nicht, sondern gab einfach auf. Die wußten es alle besser als ich. Wußten alle, daß mein Vater mich mißbraucht hatte, was sollte ich sie da noch mit der Wahrheit stören. Wozu? Das, was sie ihm jetzt gerade antaten, würde niemand je wiedergutmachen können.

Zu Hause redete ich kein Wort mit meiner Mutter, was ihr ganz offensichtlich recht war, denn dann konnte sie weiterhin die Besorgte spielen und würde sich nicht verplappern und ihren Haß auf mich zeigen.

Niemand hatte mir geglaubt, als ich immer wieder gesagt hatte, ich wollte mich rasieren, habe mich geschnitten, dann meinen Vater zu Hilfe gerufen, und er hat das Blut gestillt, obwohl der Arzt das anrasierte Haar fotografiert hatte, obwohl er den Schnitt fotografiert hatte, sie alle wußten es besser.

Ich mußte nicht zur Schule. Ich blieb in meinem Zimmer und starrte aus dem Fenster. Wenn meine Mutter mich zum Essen rief, kam ich nicht, und wenn sie mir was aufs Zimmer bringen wollte, aß ich es nicht. Sie stellte es vor die Tür und holte es wieder ab, wenn es unberührt kalt geworden war.

Ich rasierte mich fertig, als der Schnitt verheilt war.

Jetzt hatte ich einen Strich da, wo vorher ein Dreieck gewesen war.

Ich durfte meinen Vater nicht besuchen. Und er durfte nicht nach Hause. Es waren Ferien, und er schlief in seinem Büro in der Schule. Und nach vier Tagen, noch bevor das Ergebnis der Spermauntersuchung ihn entlasten konnte, war er tot. In der Turnhalle erhängt. Und ich bin seither auch tot.

✧

Behrendt war blaß. Das konnte ich sehen, weil er aufstand, zur Tür ging, sie öffnete und in den noch immer sintflutartigen Regen starrte. Ich blieb sitzen. Vermutlich war ich ebenso blaß.

Als ich wahrnahm, daß er sich die Augen wischte, begriff ich erst, wieso er an die Tür gegangen war. Er heulte. Um mich. Ich ließ ihn da stehen und heulte mit. Geräuschlos. Er sollte es nicht merken. Er wollte ja auch nicht, daß ich es mitbekam. Die Dunkelheit half uns beiden, unser Mitleid miteinander zu verbergen.

✧

»Sie sind nicht tot«, sagte er irgendwann. »Sie sind schwerverletzt, aber Sie kommen durch. Sie schaffen es.«

»Danke, Doc.« Ich mußte nun doch schniefen und hoffte, er bekäme es nicht mit. Gleichzeitig spürte ich, daß ich lächelte über meine freche Antwort. Ich nahm einen Schluck Whisky. Er brannte in der Kehle.

Ich wollte raus aus dieser Stimmung. Diese Ergriffenheit paßte mir nicht mehr. Jetzt hatte ich mich zum drittenmal ihm gegenüber in so ein selbstmitleidiges Schwelgen verrannt und ihn mit hineingerissen, was mir anfangs zwar gut in den Kram gepaßt hatte, schließlich ging es ja darum, ihn zu verführen, aber jetzt war's mir auf einmal nicht mehr recht. Ich wollte diese Unterlegenheit nicht mehr. Und nicht sein Mitleid. Ich wollte zurück auf Augenhöhe.

»Ich mußte ein Jahr lang zu einer Psychologin gehen«, sagte ich ins Dunkel. Er schloß die Tür und kam wieder her. Er setzte sich. Und trank.

»Und irgendwann fand ich ein Bild in meiner Tasche. Ein Foto. Von mir und Roman auf der Blumenwiese. Eins der Augen war ein Fotoapparat gewesen. Zuerst wollte ich es zerreißen, aber dann behielt ich es. Als eine Art Talisman. Ich habe es nie wieder angesehen, aber ich besitze es noch. Ich kann jede Einzelheit beschreiben. Romans schwarze Kapuze mit den Augenlöchern, darunter sein jungenhafter Körper, man sieht ein Stück von seinem Schwanz, wie er gerade in mich reinfährt, man sieht die Blumen, meinen Hintern, meine herunterhängenden Brüste, mein verzücktes, blödes Gesicht sieht man glücklicherweise aus dieser Perspektive nicht, das war nicht wichtig, anderes war wichtiger, wen interessiert schon ein Gesicht, wenn er Arsch und Titten haben kann.«

»Haben Sie sich je an dem Kerl gerächt?«

»Das ist jetzt schon das zweite Mal, daß Sie mich das fragen. Nein. Wozu? Was wäre denn besser geworden dadurch?«

»Vielleicht würden Sie besser oder anders drüber wegkommen?«

»Bin ich doch längst. Das ist mir alles so egal.«

»Sie sagten vorher, Sie seien tot.«

»Nicht wegen Roman.«

25 Weil wir wieder eine Weile schwiegen, hatte ich Zeit, mich zu ärgern. Darüber, daß ich mich ihm durch meine Erzählung als tragische Figur dargestellt hatte. Wieso hatte ich das gesagt, seither bin ich auch tot? Das hatte ich vorher nie so gesehen, diesen Gedanken nie gedacht, wieso auf einmal dieses Abtauchen in den historischen Schlamm? Das lag alles hinter mir, es ging mich nichts mehr an, mein Leben war frei von diesem alten Zeug. Und doch hatte ich ihm den Eindruck vermittelt, eine zerstörte und verletzte Frau zu sein, die unter bösen Erinnerungen leidet und ihr Leben verkorkst, weil sie nicht davon loskommt. So ein Blödsinn. Psychoquark.

»Ist Ihr Verhältnis zu Ihrer Mutter je wieder ins reine gekommen? Hat sie sich geändert? Hat sie begriffen, was sie angerichtet hat?«

»Ich habe keine Ahnung«, sagte ich, »seit ich in Berlin bin, hab ich nichts mehr gehört von ihr.«

»Und wollen Sie was von ihr hören?«

»Höchstens, daß sie tot ist. Und nicht mal dann würde ich ans Grab gehen. Nicht mal, um drauf zu spucken.«

Jetzt ließ ich *ihn* meinen Ärger spüren. Das war ungerecht. Er konnte nichts dafür, daß ich mich so gesuhlt und meiner wilden Geschichte diese wehleidige Grundierung verpaßt hatte.

»Haben wir Hunger?« fragte ich deshalb. Ich wollte das Thema wechseln.

Aber er war nicht abzulenken. »Glauben Sie, das alles, diese Fehlstarts in die Liebe, dieser viel zu frühe Blick in den Abgrund, wenn Sie mir bitte die pathetische Formulierung verzeihen wollen, glauben Sie, das hat Ihre Entscheidung für die Prostitution befördert?«

»Dafür hab ich mich nicht entschieden. Das kam einfach so. Hat sich ergeben und war dann halt eine Möglichkeit, an Geld zu kommen.«

»Wie hat sich das ergeben?«

»Klassisch. Beim Trampen. Ein netter Herr fragte ganz höflich, ob ich ihn nicht auf sein Zimmer im Hotel begleiten wolle. Es solle mein Schaden nicht sein, sagte er. In dieser verquirlten Formulierung.«

»Und wie war das für Sie?«

Ich zuckte die Schultern. Aber vielleicht konnte er das nicht sehen. Ich war ja auch nur eine Silhouette für ihn, also sagte ich: »Nicht schlimm. Nicht sehr unangenehm. Ich lag eben da, und er tat, was er wollte. Danach gab er mir fünfzig Mark und wollte mich zum Essen einladen. Aber ich hatte was vor und ging. Das war alles. Er roch gut.«

Ich streute wieder ein paar Hurengeschichten ein, das tat mir gut, es machte mich wach und hob mich aus der miesen Stimmung. Ganz nebenbei erinnerte es mich auch daran, daß ich ihn ja noch immer auf meiner Abschußliste hatte, und ich ging in die Küche, holte zwei Kerzen und zündete sie an. Als dunkelgrauer Schatten nützte er mir nichts auf Video.

Das Wetter schien für immer so bleiben zu wollen, tiefschwarzer Himmel, dröhnender Regen und wilde Böen, die ab und an die Jalousie abzureißen drohten. Jedenfalls klang es so. Es klang wütend. Abenteuerstimmung.

»Meiner Mutter hab ich übrigens die Rechnung präsentiert«, sagte ich, »danach hatte sie wenigstens Grund, mich zu hassen.«

Herr Öhlmann wurde ihr ständiger Begleiter. Er kam anfangs immer nur spätabends oder nachts zu ihr, aber bald auch am Tag, denn inzwischen wußten es alle, da brauchte man die Liaison auch vor mir nicht mehr zu verbergen. Es ging meiner Mutter wohl auch mehr darum, mich von ihm fernzuhalten, denn ihr entgingen die Blicke, die er in Momenten, in denen er sich unbeobachtet glaubte, auf mich warf, ebensowenig wie mir. Und ich tat mein Bestes, diese Blicke nicht nur so oft wie möglich anzuziehen, sondern auch, ihnen recht viel Futter zu geben. Inzwischen hatte ich *Lady Chatterley*, *Fanny Hill* und *Josefine Mutzenbacher* gelesen und kannte mich in der Materie schon um einiges besser aus. Ich ließ den BH weg, wenn Öhlmann da war, kniff mir in die Brustwarzen, damit sie hervorstachen, bückte mich, wenn sich die Gelegenheit ergab, möglichst so, daß er tiefen Einblick in mein Dekolleté oder wenigstens einen prallen Hintern vor Augen bekam, kurz, ich tat mein Möglichstes, um ihn verrückt zu machen. Auch das entging meiner Mutter nicht, aber zwischen uns herrschte inzwischen offener Krieg, sie hatte keine Chance mehr, mir irgendwas zu verbieten.

Ihn nicht mehr mit nach Hause zu bringen war auch keine Lösung, denn seine Tochter aus geschiedener Ehe kam alle paar Wochen zu Besuch und ertrug den Anblick meiner Mutter nicht. Also mußte er, wenn er mit ihr schlafen wollte, zu uns kommen, und ihr blieb keine Wahl, denn sie wollte ihn mit aller Macht an sich binden. Er war eine gute Partie.

Ich hatte mir angewöhnt, die beiden beim Sex zu beobachten, wann immer es möglich war, meist durchs Schlüsselloch, da sah ich nicht viel, nur manchmal seinen bleichen Hintern und die wabbligen Schenkel meiner Mutter, aber ich hielt meine Ohren offen und bekam mit, wenn sie es im Wohnzimmer trieben oder die Schlafzimmertür meiner Mutter nicht richtig schloß. Dann sah ich durch den Türspalt, und das war meistens ergiebiger.

Und ich ergriff die Gelegenheit, als sie sich mir bot: Es war einen Tag nach der Abiturfeier, und ich kam spät nach Hause, weil ich mir im Kino zwei Filme hintereinander angesehen hatte. Ich fiel todmüde ins Bett und war sofort eingeschlafen. Als ich später in der Nacht aufs Klo mußte, sah ich den Lichtschein aus dem Zimmer meiner Mutter.

Er stand vor dem Bett, und meine Mutter, ganz die willfährige Schlampe, die sie ihm vorspielen wollte, damit er sie heiraten würde, kniete vor ihm mit dem Rücken zu mir und hatte ihn im Mund.

Ich war barfuß im Schlafanzug herangeschlichen, wie immer, erst nachdem ich ein paar Kniebeugen gemacht hatte, damit meine Gelenke nicht knacken würden, und hatte ihnen schon eine Weile zugesehen, als ich einem plötzlichen Impuls nachgab, die Tür behutsam aufstieß – ich wußte, daß sie nicht knarren würde – und mich weiter in den schwachen Lichtschein ihrer Nachttischlampe vorwagte. Er sah mich. Und sagte nichts. Starrte nur her. Und ich starrte zurück.

Dann zog ich mir das Schlafanzugoberteil hoch und ließ ihn meine Brüste sehen. Sein Blick wurde wäßrig, soweit ich das auf die Distanz beurteilen konnte, und er atmete schwerer. Und ließ den Blick nicht von mir.

Meine Mutter schrieb sein Keuchen ihrem Wirken zu und intensivierte ihre Anstrengungen. Jedenfalls machte sie lautere Schmatz- und Schlürfgeräusche und gebärdete sich wilder. Ich zog jetzt auch noch die Hose ein Stück weit herunter, so daß er mich praktisch nackt betrachten konnte. Jedenfalls alles, worauf es ihm ankam.

So stand ich vielleicht eine Minute, bis ich an seinem Stöhnen und dem Gurgeln meiner Mutter hörte, daß ich verschwinden mußte, zog die Hose hoch, ließ das Oberteil fallen und huschte wie ein Gespenst in mein Zimmer zurück.

Ich hatte eigentlich erwartet, daß er am nächsten Nachmittag, wenn meine Mutter im Büro war, auftauchen würde, aber mein Anblick hatte ihn wohl um den Schlaf gebracht. Er stand noch in derselben Nacht vor mir. Ich schlief nicht, denn die Szene hatte mich so aufgeregt, daß ich rauchend am Fenster gestanden und mir sogar überlegt hatte, ob ich mich anziehen und in der Nacht spazierengehen sollte.

Ich hörte seine verstohlenen Schritte auf dem Flur, sah die Türklinke sich bewegen, sah ihn hereinkommen und die Tür leise wieder hinter sich schließen – all das, ohne daß er mich bemerkte. Erst als er im Raum stand und sich in der Dunkelheit zu orientieren versuchte, riß ich ein Streichholz an, und er erschrak.

Ich zog mich schweigend aus und lotste ihn zu meinem Bett. Er war noch von dem Streichholz geblendet und hätte einen Stuhl umgestoßen oder irgendwas von meinem Schreibtisch gefegt. Ich zog auch ihm die Unterhose aus und drapierte ihn dann so auf dem Bett, daß ich mich auf ihn setzen und ihn reiten konnte. Auf diese Weise war mein Gesicht weit genug von seinem entfernt, daß er nicht auf die Idee kommen konnte, mich zu küssen. Ich ließ es zu, daß er meine Brüste anfaßte, das war nicht zu umgehen. Er war grob.

Als ich mir sicher war, ihn so weit zu haben, daß er nicht mehr schnell reagieren konnte, weil er nur noch aufs Kommen konzentriert war, gab ich laute Lustschreie von mir. Sie klangen unehrlich. Aber sie waren laut genug, um meine Mutter aufzuwecken, und mehr sollten sie nicht bewirken. Er versuchte noch, sich aufzurichten, mir die Hand auf den Mund zu legen, mich anzuflehen, ich solle doch leise sein, aber da war er schon so weit, und zwei Sachen gleichzeitig schaffte er nicht. Kommen und mich zum Schweigen bringen. Und es wäre auch zu spät dafür gewesen, denn meine Mutter hatte schon die Tür aufgerissen und stand mit vor Entsetzen blödem Gesicht und mit dem Mund schnappend wie ein Fisch da, um sich zerschmettern zu lassen vom Anblick ihres Geliebten, der sich eben in ihre Tochter ergoß.

Den Rest der Nacht verbrachte sie heulend im Badezimmer, während ich in aller Ruhe meine Tasche packte, mir bei jedem Ding, das ich in die Hand nahm, überlegte, ob ich es mitnehmen sollte oder nicht, jeden Teddy, jede Puppe faßte ich an und legte alles zurück. Am Ende hatte ich nur ein paar Kleidungsstücke eingepackt. Alles andere würde ich nie mehr wiedersehen.

Ich weiß noch, daß ich dachte, irgendwann kommt sie aus dem Bad und bringt mich um, oder das Heulen hört endlich auf, und sie hat sich umgebracht, aber ich hörte sie wimmern und schluchzen bis zum frühen Morgen, bis ich endlich losging, weil ich es nicht mehr ertrug und lieber eine Stunde auf dem Bahnsteig warten wollte als weiter diesem Elend lauschen.

Ich schlief im Zug nach Berlin.

✧

Behrendt hatte mir zugehört wie immer, aber ich spürte, daß ihn die Geschichte störte. Er wollte mich vielleicht nicht als gemeines, hinterhältiges Luder sehen. Meine bisherigen Erzählungen hatten mich eher als Unschuld oder Opfer hergezeigt, diese zeigte mich als Täterin. Gnadenlos, herzlos und skrupellos. Eine Hure eben.

»Ist das wirklich so passiert?« fragte er schließlich, nachdem wir eine Zeitlang geschwiegen hatten.

»Wieso fragen Sie das? Mißtrauen Sie mir auf einmal?«

»Es klingt so ausgedacht. So perfekt. Und so überraschend fies.«

»Daß ich fies sein kann, sollte Sie langsam nicht mehr überraschen.«

»Tut es aber.«

»Das ist wohl auf Umwegen ein Kompliment. Danke. Obwohl es mir nicht zusteht.«

»Verstehen Sie mich nicht falsch, ich finde, Sie hatten alles Recht, ihrer Mutter das anzutun. Ich gönne Ihnen den Triumph. Was mir weh tut an der Geschichte, ist, daß Sie sich selbst dabei mißbraucht haben. Ihren eigenen Körper zum bloßen Instrument degradiert. Und das mit vielleicht sechzehn Jahren.«

»Na und? Ich bin eine Hure.«

»Waren Sie aber damals noch nicht.«

»Vielleicht hab ich ja da damit angefangen.«

»Ja. Vielleicht. Ich kritisiere Sie nicht. Ich bewundere Sie eher.«

»Wofür denn?«

»Klaren Verstand, scharfe Diktion, präzise Sicht auf

die Wirklichkeit, eine poetische Ader, was weiß ich, vieles.«

»Meine Aura? Meine Schönheit? Meine Verfügbarkeit? Daß ich ein Mythos bin?«

»Auch«, er lächelte und griff nach der Weinflasche, um sie zu öffnen. »Und noch so manches mehr.«

Ich verstehe nichts von Wein, aber der mußte teuer gewesen sein. Er schmeckte wundervoll.

»Der ist was Besonderes«, sagte ich, »oder?«

»Sie auch.«

Wir hatten uns doch noch ans Kochen gemacht, ich als Assistentin fürs Zwiebelschneiden, Salatputzen und Käsehobeln, er als Fachmann für den Zeitpunkt, an dem die Spaghetti rausmußten. Die Soße war klassisch, also simpel.

»Wenn ich nun wirklich Ihre Geschichte für einen Roman verwende«, sagte er irgendwann, während er sich die letzten Nudeln in den Mund schob, »ertragen Sie das dann?«

»Wieso, was gibt's da zu ertragen?«

»Ich werde Ihrer Erinnerung nicht treu sein. Geschichten sind immer ein Steinbruch für Erfindungen...«

Wie recht du hast, dachte ich und gab mir Mühe, nicht zu grinsen. Ich wußte genau, wovon er sprach.

»... Sie könnten sich benutzt und hintergangen fühlen, wenn Sie lesen, was am Ende draus geworden ist.

Sie werden Ihre Originalerlebnisse oft nicht wiedererkennen.«

»Das schaff ich dann schon«, sagte ich und begann die leergegessenen Teller und Schüsseln aufeinanderzustapeln. Er stand auf und half mir.

◆

Als alles in der Spülmaschine verstaut war und er unsere Gläser wieder gefüllt hatte, zog er eine zweite Flasche aus der Plastiktüte und entkorkte sie vorsichtig. »Das hätte ich schon vor zwei Stunden tun sollen«, sagte er, »Rotwein braucht Luft.«

»Wie viele haben Sie denn doch da drin?«

»Nur die noch. Es sollte nicht nach Sauforgie aussehen.«

»Nach was denn dann?«

Ich war gerade wieder auf den Geschmack gekommen an diesem leichtfertigen Geplänkel, als er ernst wurde und nach einem Augenblick Nachdenken sagte: »Das ist unser Abschied. Ich möchte mich nicht mehr mit Ihnen treffen. Die Gefahr ist zu groß.«

26

Ich weiß nicht mehr, wie lange wir schwiegen. Ich saß da, konzentrierte mich auf die Kerzenflamme und hing meinen Gedanken nach oder dem, was da so fetzenhaft in mir durcheinanderflatterte. Verhuschte Bilder, Gerüche, Worte – alles hatte irgendwie zu tun mit ihm, mit den paar Tagen, die wir zusammen verbracht hatten: unser Interruptus in der Küche, das Aufflammen von Aggressivität mitten in harmlosen Gesprächen, die Stille, die von ihm ausgehen konnte, wenn er zuhörte, der Zauber in der Buchhandlung, die Energie, die ich auf irgendeine Weise von ihm getankt hatte –, ich nahm wohl gerade Abschied von ihm.

Er war es, der das Schweigen brach. Er stand auf, ging wieder zur Tür und sah nach draußen. Der Regen fiel immer noch stetig und massenhaft, aber der Wind hatte aufgehört. »Ich werde zum Taxi schwimmen müssen«, sagte er.

Ich hatte inzwischen mein Glas ausgetrunken und goß mir nach. Ich schenkte auch sein Glas voll und brachte es ihm. Dann stießen wir an.

»Auf die Treue«, sagte ich.

»Auf Ihre Geschichte«, sagte er.

»Unsere«, sagte ich.

Wir schauten uns das Regenkino an.

»Ich hab sie noch niemandem erzählt«, sagte ich. Und wußte nicht, warum ich das sagte. Ich sagte es eben.

»Keiner Freundin, keinem Freund?«

»Was für ein Freund denn?«

Er sah mich erstaunt an. »Hatten Sie noch nie einen Freund? Auch nicht früher? Nach Roman, meine ich.«

»Sie wären der erste gewesen.«

Er stand neben mir, und ich spürte, wie alle Luft aus ihm entwich. Oder alle Kraft. Oder aller Widerstand. Ich kann nicht sagen, was genau aus ihm verschwand, aber er war von einem Augenblick zum andern wie ein Hologramm.

Das Hologramm umarmte mich.

Und die Umarmung wurde zum Liebesspiel. Hände, Münder, Schenkel, alles fand sich und paßte ineinander wie zwei Hälften eines Ganzen, wie im Tagtraum, wie im Kino, wie im Buch.

»Bett«, sagte ich irgendwann zwischen zwei Küssen und nahm ihn an der Hand. Er folgte mir. Die ersten Kleidungsstücke, Jackett, Hemd, T-Shirt, zogen wir uns gegenseitig aus, die letzten, Hosen, Strümpfe, Slip und BH, nahm jeder wieder selbst in die Hand.

Ich hatte die Schlafzimmertür angelehnt und im Flur im Vorbeigehen Licht angemacht, so daß ein für Auge wie Kamera gleichermaßen angenehmes Halbdunkel im Raum herrschte. Ich war zwei Personen in einer. Beide wollten dasselbe, mit diesem Mann schlafen, aber sie wollten es aus entgegengesetzten Motiven. Mein angekratztes Ich wollte Abschied nehmen von diesem Mann, wenigstens einmal seinen schmalen und irgendwie spärlichen Körper in Besitz nehmen, diese Stimme nur ein einziges Mal auf sich beziehen können, nur einmal sich in die Illusion betten, einen Geliebten, diesen Geliebten haben zu können, und nur einmal sich als Hälfte eines Ganzen fühlen dürfen – und mein anderes Ich, das enttäuschte, belogene, hintergangene, wollte sich einbilden, es übe seinen Beruf aus wie immer und habe alles wie immer im Griff. Für tausend Euro im Briefumschlag.

Nichts hatte diese Person im Griff, das konnte sie später beim Schneiden des Videos in aller Ausführlichkeit betrachten: Sie wurde nach vielleicht zehn Minuten zum erstenmal und bald, nach einer Pause und einem unendlich zarten Cunnilingus, ein zweites Mal von Orgasmen zerrissen, die nichts mehr von ihr übrigließen. Fast nichts.

✧

Auf dem Weg zum Taxi büßte Behrendt alles an seiner nachlässigen, ausgebeulten Eleganz ein, was ihn geschmückt hatte, beim Einsteigen war er nur noch naß und mager, der Regen prasselte immer noch mit einer Wucht herab, als sollte die Stadt noch in dieser Nacht von der Landkarte gewaschen werden.

»Danke für alles«, hatte er zum Abschied gesagt, nach einem letzten Kuß auf meinen Mund.

»Gleichfalls«, hatte ich geflüstert und mich beherrscht, ihm nicht noch nachzurufen: »Vergessen Sie nicht, Sie haben mich erfunden«, denn das letzte, was er von mir hörte, sollte nicht sarkastisch klingen. Mir war nicht nach Sarkasmus. Mir war zum Heulen.

27 Das wenige, was von der professionellen Vera noch übrig war, setzte sich an den Computer und schnitt mit geübter Hand ein aufregendes Vier-Minuten-Video zusammen, überspielte es, schrieb einen Zettel mit der Bitte, tausend Euro im Briefumschlag an die Absenderin zu schicken, steckte die Kassette in einen gefütterten Umschlag, adressiert an Frau Behrendt. Und legte das Päckchen auf den Schreibtisch.

Der Rest von mir heulte vor sich hin, hatte die linke Hand in den Schoß gepreßt, rauchte sieben Zigaretten und ging am Ende erleichtert und unglücklich schlafen. Und träumte nie wieder von Axel Behrendt, von seiner Stimme und dieser Stille um ihn, die so warm und tröstlich wie nichts mehr in meinem Leben seit Papas Interesse und Murmis Humor meine Verwirrung und Verzagtheit aufgefangen hatte.

Am nächsten Vormittag brachte ich das Päckchen zur Post, und ich zögerte keine Millisekunde am Briefkastenschlitz – ich öffnete und ließ es fallen –, und ich wußte, daß ich das alles nicht mehr wollte. Es gab seriöse Callgirl-Agenturen. Ich konnte mein Geld auch ganz normal in Hotelzimmern verdienen.

Ich löschte alle Videodateien auf meiner Festplatte bis auf die letzte. Ob ich sie mir jemals wieder ansehen würde, wußte ich nicht, aber ich hatte das Gefühl, sie bewahren zu müssen, für irgendeine Zukunft, und sei es, daß ich irgendwann als alte Frau noch einmal wissen wollte, wie das aussah, was meine Erinnerung vielleicht verloren hätte.

Jetzt, da es zu spät dafür war, fielen mir immer neue Fragen ein, die ich ihm nicht gestellt hatte: Wie ist das, wenn man jedes Erlebnis auf seine Tauglichkeit für Geschichten überprüft, entwertet das nicht den Augenblick? Landet nicht jeder Schmerz, jede Lust oder Freude in einer Schublade oder auf einer Karteikarte? Und wie ist das, wenn man seine Umgebung ständig ausspioniert? Alle Eigenheiten, alles Unverwechselbare an den Menschen zur späteren Verwendung notiert? Ist das nicht wie Diebstahl? Und wie ist das, wenn man der Fiktion größere Macht zugesteht als der Wirklichkeit? Ist Ihr Leben dann nicht nüchtern, leer und arm? Und leben Sie statt dessen mehr im Kopf als in der Welt? Und so weiter, und so weiter, ich wollte ihm Vorwürfe machen, ihn als eine Art Parasiten hinstellen. Mir genügte seine Heuchelei nicht mehr als Grund dafür, daß ich sein Leben ruiniert hatte. Darauf würde es nämlich hinauslaufen. Sein Leben war zerstört. Und ich war schuld daran.

Aber ich hatte ihm auch gezeigt, was für ein Luder seine Frau ist; wenn sie jetzt wirklich mit ihm Schluß machte, dann könnte er sich ja bei seiner Reiseliebe ausheulen. Oder die Schwester nehmen. Falls das nicht ohnehin ein und dieselbe war. Ach, was ging mich das an. Das lag doch hinter mir. Trotzdem fühlte ich mich furchtbar.

28 Als das Honorar nach einer Woche noch nicht da war, begann ich mich zu ärgern. Ausgerechnet jetzt, wo ich Schluß damit machte, sollte ich ums Geld geprellt werden. Aber sie konnte ja auch ein paar Tage weg sein, oder die Post hatte sich Zeit gelassen. Es war noch zu früh für Streß und Ungeduld.

Allerdings, wenn sie wirklich weg war und er ihre Post annahm? Und öffnete? Und das Video verschwinden ließ? Ich hatte die Datei noch. Konnte jederzeit eine zweite Kopie schicken. Vielleicht waren sie auch zusammen weg. Geduld.

Zuerst dachte ich, eine Paketzustellerin oder Kurierfahrerin hat sich in der Adresse geirrt, als ich die Frau am Gartentor stehen sah, eine Hand am Gitter, als wolle sie das Tor notfalls aufstoßen, und in der anderen ein Päckchen, so angefaßt und von sich weggehalten, wie man es nur mit Dingen tut, die einem nicht gehören, die man so schnell wie möglich loswerden will.

Wäre ich nicht mit den Gedanken ganz woanders gewesen, dann hätte ich registrieren müssen, daß die Frau gut gekleidet war, viel zu teuer für die Post, und daß nirgendwo an der Straße ein Auto stand. Sie mußte mit dem Taxi oder zu Fuß gekommen sein.

Erst am Gartentor sah ich, daß das Päckchen eine Videokassette war, meine Videokassette, daß ich die Frau von irgendwoher kannte, daß sie mich anstarrte, als müsse sie sich dazu zwingen, nicht angeekelt wegzusehen, und noch während ich ihre Stimme mit überdeutlicher Artikulation meinen Namen aussprechen hörte, als Frage, worauf ich nickte, und die Stimme fortfuhr: »Was ist das für eine Geschichte? Was soll das?«, da begriff ich, wer das war: die Frau aus Paris.

Mehr begriff ich nicht – das Ganze war mir unerklärlich. Wie kam die an das Video? Was wollte die von mir? Wer gab ihr das Recht, mir mit harter Stimme und kaltem Blick solche Fragen zu stellen?

»Wer sind Sie?« fragte ich.

✧

»Ich bin Marie Behrendt«, sagten Sie.

✧

Ich glaube, ich versuchte noch, so arrogant es ging dreinzublicken, als ich das hörte, aber mein Gesicht muß aus allen Fugen geraten sein, denn mir wurde klar, was ich getan hatte. Ich drehte mich um und ging Ihnen voraus – ins Büro, ich wollte Ihnen nicht die Wohnung zumuten –, Sie kennen den Rest, ich muß das nicht noch mal erzählen.

◇

Als ich fragte: »Wer war die Frau, die mich engagiert hat?« und Sie, noch immer mit diesem harten, leeren Gesicht, sagten: »Meine Schwester«, da wäre ich am liebsten aus der Welt verschwunden. Hätte ich irgendwas gehabt, eine Pistole, ein Messer oder ein Fläschchen Arsen, mit dem ich mich von einer Sekunde zur nächsten aus meinem Leben, aus Ihren Augen, aus dieser grauenhaften Situation hätte stehlen können, ich hätte es getan. Aber da war nichts, und ich mußte Ihren Blick aushalten, konnte nicht mal ins Bad verschwinden, um zu kotzen oder in Ohnmacht zu fallen, war wie festgetackert auf meinem Schreibtischstuhl und konnte nichts tun. Nichts, um diesen Irrsinn ungeschehen zu machen, um diese abscheuliche Gemeinheit nicht getan zu haben. Ich weiß nicht, was ich dafür gegeben hätte, einfach aus einem Alptraum aufwachen und erleichtert den Schweiß, den Schrecken, die Scham von mir duschen zu dürfen.
»Ich fühle mich fürchterlich«, sagte ich.

Und hätte mir auf die Zunge beißen können, denn Ihre Antwort kam prompt und mit allem Recht der Welt so verächtlich, wie ich es verdiente: »Ihre Gefühle sind das letzte, was mich interessiert.«

Ich hätte gern geheult, aber aus irgendeinem Grund konnte ich Ihnen das nicht antun. Ich war Ihnen schuldig geradezustehen, ein Zusammenbruch kam nicht in Frage. Also saß ich einfach da und wartete, was Sie als nächstes sagen würden. Ob Sie mich noch mehr zerschmettern, in meine Einzelteile zerlegen würden, ob Ihr nächster Satz eher so etwas wie Schotter, Kies oder Sand von mir übriglassen würde.

»Ich will die ganze Geschichte hören«, sagten Sie, »aber ich will nicht stundenlang mit Ihnen in einem Raum sein. Wären Sie bereit, mir das Ganze auf Band zu sprechen? Ich bezahle Sie dafür.«

»Ja«, sagte ich.

Damit Sie wieder gehen.

Ich spürte die Geldscheine, die Sie mir mit den Worten »Das bin ich Ihnen ja wohl schuldig« gegeben hatten, in meiner Hand, als wären sie giftig oder ich allergisch. Sie gingen zum Gartentor, und ich rief Ihnen nach: »Verzeihen Sie ihm. Er kann nichts dafür.«

Ich weiß nicht, ob Sie mich gehört hatten, denn Sie sagten gleichzeitig, ohne sich nach mir umzudrehen: »Damit kann ich nicht leben«, und hoben das Video in die Höhe, als wollten Sie mir damit winken.

29

Den Versuch, alles auf Band zu sprechen, gab ich schnell auf. Ich ertrage den Klang meiner Stimme nicht. Also setzte ich mich an den Computer und schrieb auf, was Sie von mir wissen wollten. Und einiges mehr, denn es ist mir inzwischen egal, ob Sie sich für meine Gefühle interessieren oder nicht – die müssen Sie schon mitlesen –, ohne meine Gefühle kriegen Sie die Geschichte nicht.

Und ich bin mittlerweile auch nicht mehr nur von Scham und Schuldgefühlen Ihnen gegenüber zerfressen. Tut mir leid, wenn ich das sage, aber: Ihr Leben ist Ihre Sache, mein Leben ist meine. Ich habe ihn nur verführt. Eingelassen hat *er* sich mit mir. Vergiften Sie Ihre Schwester, ruinieren Sie Ihren Mann, von mir aus tun Sie, was immer Ihnen hilft, aus dieser widerlichen Geschichte heil rauszukommen, aber machen Sie nicht mich dafür verantwortlich. Das tu ich schon selbst. Und nur mir steht es zu, denn nur ich habe das Recht, meinen Anteil an der Sache zu verfluchen.

Starnberg, den 30. Mai 2003

Hallo Chef,

du weißt, wie sehr ich Dich als Lektor und Verleger schätze, wie oft ich Deinen Rat beherzigt habe, wie laut ich Dein Loblied singe und die Hilfe rühme, die Du meiner Arbeit immer angedeihen läßt, also kann ich mir das Wortgefuchtel sparen und Dich bitten, kurz und knapp und klar: An diesem Text wird nichts geändert.

Laß den grünen Kuli stecken und lies, dann entscheide, ob Du ihn herausbringen willst, und wenn ja, gib ihn weiter ans Korrektorat. Außer Satzzeichen und Rechtschreibung werde ich nichts akzeptieren. Diese Geschichte, zumindest alles, was ich darin erlebt, getan oder erfahren habe, ist so passiert, und deshalb muß sie so, in diesem Tonfall, in diesem vielleicht rohen Zustand und in dieser vielleicht rabiaten Form auf dem Papier stehen.

Du kannst Dir vorstellen, wie schwer es für mich war, das alles aufzuschreiben, schließlich kennst Du das Fiasko, die Trennung von Marie, mein ganzes unrasiertes Vegetieren seit-

her, mein Betteln, mein Kämpfen, meine Werbung um sie und ihre bis jetzt anhaltende rigorose Ablehnung all meiner Versuche, sie wiederzugewinnen. Und Du weißt, wie ich mich fühle, denn an alldem bin ich schuld.

Für mich ist diese Geschichte im Wortsinne notwendig, ich mußte sie erzählen, und sie wird vielleicht meine letzte sein, denn ich weiß nicht, was von mir übrigbleiben wird ohne Marie. Mein Talent, meine Sicherheit, mein Selbstvertrauen – das alles steht und fällt mit ihr.

Der Kunstgriff, die Geschichte aus der Sicht von Vera zu erzählen, war unumgänglich. Dieses Minimum an Draufblick mußte ich mir verschaffen, sonst wäre der Text eine einzige Rechtfertigung meiner Schwäche, Feigheit und Larmoyanz geworden. Und so, aus dieser Perspektive, enthält er auch klar und deutlich die andere Schuld, die mich fast ebenso niederdrückt wie der Verrat an Marie: Ich habe eine Liebe ausgeschlagen, eine Seele, die mir vertrauensvoll angeboten wurde, einfach aus meinem Blickfeld gewischt und damit vielleicht Veras Rückkehr in ein menschenwürdiges und gutes Leben, ihre vielleicht letzte Chance darauf abgewählt.

Lies und gib mir bald Bescheid. Und drück mir die Daumen, daß ich auf dem Umweg über die Fiktion schaffe, was mir mit den anderen Mitteln, Briefen, Faxen, E-Mails nicht gelungen ist: Marie zurückzugewinnen. Ich weiß zwar nicht, wieso ich darauf hoffe, wieso ich glauben will, ein Roman hätte die Kraft, an Maries Verzweiflung noch irgendwas zu ändern, aber es ist meine letzte Hoffnung, die halte ich aufrecht, solange ich es vermag. Sei herzlich, wie immer, umarmt von Deinem

Axel

Danke allen Erstlesern, die mir geholfen haben, dieses Manuskript besser zu machen, als ich es alleine gekonnt hätte: Jone Heer, Axel Hundsdörfer, Manuela Runge, Uli Gleis, Claudia und Uli Kettner, Michael O. R. Kröher, Uschi Keil, Axel Ulber, Ulli Nehrig, Karin Mansel, Klaus Hemmerle, Patrick Langer, Vera Eichholz-Rohde und Ute Bredl-Heydt.

PIPER

Thommie Bayer
Der langsame Tanz

Roman. 159 Seiten. Serie Piper

Mit seinem schönen Körper ist Martin das beliebteste Modell der Akademie. Doch als ihn die Künstlerin Anne etwas zu intensiv betrachtet, wird für ihn der Alptraum eines jeden männlichen Aktmodells Wirklichkeit: Sein bestes Stück reagiert anders, als ihm lieb ist ... In Panik kündigt Martin seinen recht lukrativen Job an der Akademie, doch schon am selben Abend steht Anne vor seiner Tür. Von Anfang an fühlen sich die beiden wie magisch voneinander angezogen. Anne ist wie besessen von Martin und macht ihn zum ausschließlichen Motiv ihrer Bilder. Schnell geraten Malerin und Modell in eine wechselseitige Abhängigkeit: Sie realisiert ihre erotisch aufgeladenen Bilder, und er träumt sich immer intensiver in die Rolle ihres Liebhabers, ohne jedoch zu ahnen, was sie eigentlich vorhat ... Mit Augenzwinkern und Gespür für die Psychologie seiner Helden erzählt Thommie Bayer die Geschichte einer ungewöhnlichen Liebe, in der künstlerische Leidenschaft und bedingungslose Hingabe einander durchdringen.

PIPER

John Burdett
Der Jadereiter

Thriller. Aus dem Amerikanischen von Sonja Hauser.
471 Seiten. Gebunden

Die Zukunft ist unergründlich, sagt der Buddha. Und deshalb wissen die Polizisten Sonchai und Pichai noch nicht, daß der amerikanische Jadehändler in dem Mercedes vor ihnen bald am Biß einer Kobra sterben wird. Was sie ebenfalls nicht wissen, ist, daß die Kobras und Pythons, die aus William Bradleys Wagen hervorkriechen, auch Pichai töten werden. Die beiden Polizisten kennen sich seit ihrer Kindheit, seit sie sich nach einem tragischen Verbrechen im Waldkloster für immer den buddhistischen Glaubensregeln unterworfen haben. Sie waren Brüder im Geist, und deshalb schwört Sonchai Rache an den Mördern seines Partners. Zusammen mit Kimberley Jones, der attraktiven FBI-Agentin, die ihm zur Seite gestellt wird, setzt er sich auf die Spur von William Bradleys und Pichais Mördern. Mußte Bradley wegen eines kostbaren Jadereiters sterben? Und ist Kimberley Jones wirklich da, um ihn zu unterstützen? Sonchais Jagd nach den Tätern gerät zu einer Reise in die eigene Vergangenheit: in die Unterwelt Bangkoks, in die Bordelle des berüchtigten 8. Bezirks – bis hinein in die Vorzimmer der amerikanischen Botschaft.

PIPER

Marten 't Hart
In unnütz toller Wut

Roman. Aus dem Niederländischen von Gregor Seferens.
348 Seiten. Gebunden

Tagsüber ist der kleine südholländische Ort Monward wie ausgestorben. Eine klare Frühlingsbrise kräuselt die Oberfläche des nahen Sees, als Lotte Weeda zum ersten Mal dort erscheint. Sie ist attraktiv und selbstbewußt. Und sie möchte die zweihundert markantesten Gesichter der kleinen katholischen Gemeinde photographieren; schon im Herbst soll ein Buch mit den Aufnahmen verlegt werden. Nicht alle sind begeistert von ihrem Plan, allen voran Taeke Gras, der sein Gesicht keinesfalls mit einem Stück Papier teilen möchte. Am Ende willigt er ein, wie auch Abel, der Graf. Doch ihn wirft Lottes Besuch aus der Bahn, denn plötzlich und unerklärlich bildet er sich ein, seine Kinder seien nicht von ihm, sondern von den wechselnden Liebhabern seiner jüngeren, reizenden Frau Noor. Immer groteskere Formen nimmt sein Wahn an – bis Abel eines Tages stirbt. Und er ist nicht der einzige: Ein Porträtierter nach dem anderen kommt zu Tode ...